François d'Epenoux

François d'Epenoux est un écrivain français né en 1963. Il est l'auteur d'un essai, *Les Bobos me font mal* (2003), et de dix romans, dont *Gégé* (1995) – qui a fait partie de la sélection finale pour le Goncourt du Premier Roman –, *L'Importune* (1996, Prix Lions Club International), *Deux jours à tuer* (2001, adapté au cinéma par Jean Becker en 2008), *Les Papas du dimanche* (2005, adapté au cinéma par Louis Becker en 2012), *Le Réveil du cœur* (2014, Prix Maison de la Presse), *Les Jours areuh* (2016), *Le Presque* (2018) et *Les Désossés* (2020). Tous ses ouvrages ont paru aux Éditions Anne Carrière.

Yvonne C

LES DÉSOSSÉS

ÉGALEMENT
CHEZ POCKET

GÉGÉ
GABY
MÊME PAS MORT
LES JOURS AREUH
L'IMPORTUNE
LE PRESQUE
LES DÉSOSSÉS

FRANÇOIS D'EPENOUX

LES DÉSOSSÉS

Éditions Anne Carrière

FSC
www.fsc.org
MIXTE
Papier issu de sources responsables
FSC® C003309

L'éditeur de cet ouvrage s'engage dans une démarche de certification FSC® qui contribue à la préservation des forêts pour les générations futures.

Pour en savoir plus :
www.editis.com/engagement-rse/

ISBN : 978-2-266-32023-8
Dépôt légal : février 2022

À la Terre

ALVARO

Avila elle-même, toute recouverte de neige, est plus que jamais la cité du recueillement. C'est le meilleur berceau pour les grandes choses. La foudre ne sait que détruire. Mais la germination se fait dans un profond silence, enfouie, insoupçonnée de tous.

Henry de Montherlant,
Le Maître de Santiago

I

La nuit tombe et la neige aussi, sur cette station de ski huppée, nichée dans les Alpes au creux d'un site grandiose. Aux abords de ce qui fut jadis un village savoyard frileusement regroupé autour de son église, s'échelonnent désormais les plus luxueux chalets qui soient. La crème de la crème des constructions du genre, avec charpente en bois travaillé, incrustations de lauze, terrasses savamment piquées de lumignons, garages pour plusieurs voitures et, souvent, spas et piscines intérieures. Du beau boulot pour patrons du CAC 40 et tycoons russes en mal de couleur locale.

Si somptueuses soient-elles, ces constructions font figure de maquettes à l'échelle de la montagne. Tout autour, des crêtes plus aiguës que des dents, des gorges d'un noir d'encre et de longues langues de glace menacent de broyer ce décor miniature. De n'en faire qu'une bouchée. Mais, dans cette immensité bleutée, le joli petit village n'en continue pas moins de briller de tous ses feux, insolemment, avec cet éclat qu'ont les jouets de Noël accumulés sous le sapin. Un sapin blanchi à la bombe.

Car ce qui ajoute à cet aspect de vitrine de grand magasin, c'est cette neige qui ne cesse pas. Incroyablement dense, drue, obstinée. Elle tombe et tombe encore, presque trop belle pour être vraie, trop cotonneuse pour ne pas être artificielle. Elle tombe régulièrement, mécaniquement, chacune de ses plumes duveteuses dansant doucement dans l'air avant de se poser juste là où il faut. C'est-à-dire partout.

Voilà deux jours que cette ouate descendue du ciel fait son œuvre. Elle recouvre tout – les toits des maisons, ceux des voitures, les chemins, les routes en lacet, les télésièges immobiles. Le moindre parapet, le moindre rebord de fenêtre, tout est blanc de nacre immaculée. Les branches des sapins ploient à s'en briser sous le poids de l'accumulation.

Parmi les chalets dernier cri, il en est un qui semble plus gros, plus beau encore que ses semblables. Construit à l'écart dans la montagne, il est très au-dessus des autres, à tous points de vue. À vrai dire, il semble même prendre un malin plaisir à les dominer de toute sa démesure. C'est le roi des chalets, charpenté, imposant, bardé de balcons, illuminé de vastes baies, festonné de stalactites luisant dans la nuit. On ne voit que lui. La neige ayant enrobé ses murs et gaufré ses toits, il a tout, lui aussi, d'un objet précieux serti dans son polystyrène. Sauf qu'il est bel et bien habité : un cri suraigu vient de s'en échapper.

— Rose !

Ce cri, c'est à la maîtresse des lieux qu'on le doit. Élisabeth Saillard, Liz pour les intimes. Devant une flambée, Liz est en train de faire tournoyer un manteau de vison qui lui descend jusqu'aux mollets. Un vison lourd, interminable, tout en éclairs électriques.

Pleine peau avec capuche. Ceinture fantaisie et marquage au niveau de la taille. Deux poches en biais sur le côté, resserrage en bout de manche.

Elle l'aime bien, celui-là. Elle le connaît sur le bout des doigts. Elle l'aime presque autant que le trois-quarts en renard bleu, pleine longueur, boots assorties, qu'elle vient de poser délicatement sur un fauteuil. Avec ses reflets moirés, il a les tressaillements d'un animal vivant. Le reste du bestiaire est suspendu dans le dressing. Panthère de Somalie, chinchilla, vison noir américain, zibeline de Bargouzine. Liz leur parle comme à des enfants. Les nourrit de ses regards. Les caresse en cachette. Pour l'heure, mannequin cabine improvisé, petite fille étrennant sa nouvelle robe du dimanche, elle répète à qui veut bien l'entendre – personne, en l'occurrence – cette justification inutile : « Moi, toute cette neige, ça me fait froid, alors je me couvre. » À la suite de quoi elle retente sa chance :

— ROSE !

Une jeune femme noire, très belle, hiératique, sort enfin de la cuisine, s'essuyant les mains sur un torchon.

— Madame ?

— Ah, enfin ! Rose, toujours pas de nouvelles d'Anne-Marie ?

— Toujours pas, Madame.

Fantomatique, Rose disparaît aussi vite qu'elle est apparue.

Liz, de guerre lasse, se laisse tomber dans le canapé. C'est l'un de ces sofas à la fois design et confortables sur lesquels, dans les bonnes maisons, on jette négligemment des plaids en cachemire. Autour d'elle tout est à l'avenant : le chalet est un immense nid douillet, calfeutré de vastes tapis, de lumières chaudes, de teintes grège, taupe, coquille d'œuf. Trois niveaux le composent : un « sous-sol », accessible du dehors et constitué d'un garage, d'une remise-bûcher, d'une cave à vin, d'un atelier de bricolage, d'une buanderie et des chambres du personnel ; puis un rez-de-chaussée, avec cuisine, arrière-cuisine et séjour, cathédrale gigantesque donnant sur une terrasse à laquelle on accède aussi, en temps normal, par un imposant escalier extérieur ; et enfin un étage à la fois spacieux et douillet, dont la mezzanine surplombe le séjour, distribuant plusieurs chambres et pièces annexes, parmi lesquelles le bureau du maître des lieux, une salle de télé et un boudoir.

L'ensemble du chalet s'organise autour d'un colossal escalier intérieur aux balustrades travaillées à la savoyarde, véritable colonne vertébrale de l'édifice. Bref, c'est un cocon, mais un cocon énorme, dont l'atmosphère, les couleurs, les objets choisis avec soin, et même la peau d'ours rapportée des Carpates témoignent d'un goût sûr – le goût des gens qui n'ont rien à prouver. Si un décorateur y a apporté sa patte, c'est avec une discrétion inversement proportionnelle au montant de ses honoraires. L'essentiel étant de ne pas faire trop « magazine », ce qui est encore pire que de faire nouveau riche.

— Ah, au fait… Rose !

— Madame ?

— Apportez-moi la bouteille de pouilly-fumé, je vous prie. Avec quelques glaçons.

Nouveau riche, parlons-en. Dans la façon brutale qu'a Liz d'interpeller sa gouvernante, on décèle chez elle le désir inconscient de montrer quel rang elle occupe depuis son mariage. Et de faire oublier du même coup, par symétrie, le milieu d'où elle vient. Ce surcroît d'autorité, cette manière de forcer le trait de la condescendance, on les retrouve chez ceux qui parlent mal aux chauffeurs de taxi, aux serveurs et aux commerçants. Ce faisant, ils ne font que trahir le rejet de leur propre reflet. Et plonger leur entourage dans l'embarras.

Pour le reste, à force de vêtements sur mesure et de fréquentations haut de gamme, Liz a fait mieux que s'acheter un peu de classe : elle a acquis des codes qui n'ont pas de prix. La soixantaine toute neuve, elle est de ces femmes dont on dit qu'elles « ont dû être très belles ». Bien sûr, ses amies se demandent parfois si elle a « fait quelque chose ». Mais Liz n'ignore pas qu'il en va d'une intervention de chirurgie esthétique comme de l'empreinte d'un décorateur : l'important, c'est que l'on puisse bien voir que ça ne se voit pas. Parfois – oh, trois fois rien, un éclairage cru, un coup de fatigue –, le soupçon n'a plus lieu d'être et la réponse s'impose d'elle-même, cousue de fil d'or, plus flagrante qu'un nez refait au milieu de la figure. Dans ce genre de cas, ce n'est pas du Botox, mais du vin blanc haut de gamme que Liz s'injecte. C'est d'ailleurs précisément ce qu'elle est en train de faire, un œil sur le feu et l'autre sur la chaîne info dont elle vient d'augmenter le son :

« *Sur le front des précipitations en Haute-Savoie, aucune amélioration. Les experts parlent de record historique. Déjà plus de quatre mètres enregistrés en quarante-huit heures dans la vallée de la Mourière. La région est en niveau de vigilance rouge et le ministère de l'Intérieur a déjà décrété l'état de catastrophe naturelle. Certaines routes sont coupées et, en altitude, des problèmes d'approvisionnement se font déjà sentir. Les autorités, cependant, exhortent les habitants à garder leur calme.* »

Liz éteint sèchement.

— Quel cafard… tout ce blanc…

Puis, jetant un œil dans le fond de son verre vide :

— Tiens, à ce propos…

Discrètement, la voilà qui se ressert un verre. Pour oublier un peu. Il faut dire que dehors, rendue phosphorescente par les spots extérieurs, la neige tombe de plus belle. Par paliers progressifs se succédant de plus en plus vite, elle s'est même franchement intensifiée. Cette fois, l'accessoiriste des vitrines de Noël semble s'être trompé dans les doses. De confettis lancés avec le geste du semeur, il est passé à des seaux de boules de coton. On dirait qu'une force surpuissante a mis toute la montagne dans une boule à neige pour la secouer avec frénésie.

Afin de tempérer cette agitation, Liz appuie sur un bouton et un jazz velouté monte d'on ne sait où. La télécommande, nouvelle baguette magique de la domotique ! Dans ce genre de maison, à l'image du chauffage au sol, les choses fonctionnent comme par miracle – l'air conditionné, la musique, la lumière. Il n'est pas jusqu'au feu qui ne paraisse s'allumer de lui-même dans la cheminée, sur un simple claquement de doigts.

Portée par cette ambiance surnaturelle, Liz interroge la boule de cristal, chambrée à bonne température, qu'elle tient au creux de sa paume – non sans en humer au passage les arômes d'épices et de pierre à fusil :

— Bon Dieu, mais c'est pas vrai… quand est-ce que ça va s'arrêter, cette neige ?

Une gorgée fait office de réponse. Liz reprend :

— Rose ?

Cette fois, Rose apparaît aussitôt dans l'embrasure de la porte de la cuisine.

— Madame ?

— Je vous ai demandé si nous avions des nouvelles d'Anne-Marie ?

— Oui, Madame, répond Rose (qui se retient d'ajouter : « il y a environ une minute »).

— Et alors ?

— Toujours rien, Madame.

— Ah… et vous avez préparé la chiffonnade de viande des Grisons ?

— C'est fait, oui.

— Alors apportez tout sur la table basse, je vous prie.

Rose s'exécute, revient avec un plateau, puis dispose sur la table basse les ingrédients d'une copieuse collation : fines tranches de beaufort, d'abondance et de tomme de Savoie se chevauchant les unes les autres sur des planchettes en bois ; lamelles translucides de viande des Grisons et de jambon de pays ; pâtés de gibier, cornichons et pistaches, pains de toutes sortes, bouteilles de champagne, d'apremont et de vins du Jura.

Supervisant les opérations avec satisfaction, Liz poursuit :

— Ça la fera venir. Je connais mon Anne-Ma : même par mauvais temps, elle ne résiste pas aux spécialités du pays, et surtout pas à la viande des Grisons.

Liz sourit intérieurement. Ah ça, pour la connaître

elle la connaît, son « Anne-Ma » ! Tout juste montées à Paris, l'une venant de la Creuse, l'autre du Pays basque, les deux jeunes femmes s'étaient rencontrées à la « Femme Sec », la fameuse école de la rue de Lille, à la toute fin des années soixante-dix. Un même complexe de provinciales d'origine modeste les rapprocha aussitôt et, très vite, elles partagèrent à peu près tout : un minuscule trois pièces rue de la Condamine, leur dressing, des histoires d'amour concomitantes, d'amères déceptions et pas mal de bouteilles de muscadet achetées à Franprix. Il faut dire que l'une et l'autre attiraient l'œil autant que les ennuis. Rousse incandescente aux yeux verts, Anne-Marie possédait un franc-parler irrésistible, des talents d'artiste indéniables et un décolleté laiteux qu'elle comprimait dans des chemisiers Cacharel très ajustés. Quant à Élisabeth, en version brune, elle n'était pas en reste : plus fantasque, plus inattendue, parfois ombrageuse, elle attirait les poètes, les « compliqués » – l'inverse de son futur époux, ce qui est ironique mais explicable. Toutes aventures dont elles sortirent inséparables pour la vie… et, assez vite, nanties d'une bague au doigt. Après tout, leurs mères respectives ne les avaient-elles pas prévenues ? Un BTS de secrétariat commercial trilingue, ça sert à trouver un emploi mais surtout un homme. Un homme bien, de préférence cadre supérieur, ou pourquoi pas président-directeur général. Autres temps, autres mœurs, mais c'est ce qui arriva, pour l'une comme pour l'autre. Avec en corollaire un train de vie au diapason, un chalet dans la même station (une découverte de Liz) et des déconvenues conjugales de calibre équivalent, noyées comme jadis dans ce genre de soirée où l'on vide son sac en même temps que des bouteilles – millésimées, cette fois.

À ces souvenirs, les yeux de Liz s'illuminent. *Mon Anne-Ma à moi... Qu'est-ce qu'on a pu rire... On avait le feu sacré... Le feu au cul, aussi, faut reconnaître... Tiens, d'ailleurs...*

— Rose ?

— Madame ?

— La flambée va s'éteindre, vous direz à Slavko de remettre une bûche ou deux.

Rose semble embarrassée.

— C'est que... Slavko et Monsieur ne sont pas rentrés, murmure-t-elle en renouant son chignon, les bras en anse, statue vivante.

— Très bien. Merci. Votre chignon, oui, c'est mieux comme ça.

Liz a beau jeu d'être pète-sec. Elle le fait avec d'autant plus de jouissance qu'il y a chez sa gouvernante une sorte de majesté naturelle qui l'exaspère au plus profond d'elle-même. Elle poursuit :

— Quelle idée, aussi, d'être descendus vers le village ! On nous dit de ne pas sortir, on ne sort pas, enfin ! Très bonnes, ces pistaches. Mais ça, c'est Marc. Quand il a quelque chose en tête... Plus de trente ans que je le pratique. Ce n'est pas aujourd'hui qu'on va le changer, pas vrai ? Mais bon. Qu'est-ce que vous voulez.

Rose ne veut rien, à vrai dire. Elle regagne la cuisine pour terminer ses gougères. Elle sait que, du salon, Liz, dans son soliloque, va continuer de la prendre à témoin. Ça ne rate pas.

— Vous savez, Rose, j'aime beaucoup ce concept d'apéritif dînatoire. Il n'y a pas de protocole, c'est léger, c'est… C'est des cornichons, ça ?… Enfin bref, je me comprends : c'est montagnard, c'est rustique. Et puis, pour ce qu'on a à faire, c'est idéal. C'est pas tout ça mais avec Anne-Ma, faut qu'on bosse ! On parle, on parle, mais le mariage de Juliette, c'est dans trois mois…

Liz s'interrompt soudain. Une idée lui vient brusquement. Comme si elle avait avalé de travers.

— Tiens, tant que j'y pense. Les Colbert. Merde. J'ai invité les Colbert ? Mais oui, j'ai invité les Colbert. Pourvu qu'Anne-Ma n'oublie pas de m'apporter toutes ses adresses. Le mariage de sa fille cadette était féerique. J'espère qu'elle se sera reposée. Elle avait une tête, la dernière fois ! Des cernes, à tomber dedans. Mais quel beau mariage, Rose, si vous saviez. Et ces chemins de table ! Un ravissement. Chargés, mais beaux. Avec des grosses boules en… Rose, vous savez ça, vous…

— Oui, Madame ? émet une voix lointaine, dans la cuisine.

— Mais si ! Vous avez ça dans vos pays… comme du raphia, mais tressé, vous voyez ?

— Du rotin ?

— C'est ça ! Du rotin ! s'exclame Liz, soulagée.

Puis, s'approchant de la fenêtre, soudain mélancolique :

— J'espère que ça va s'arranger, ce temps… Quatre jours qu'on n'a pas skié, vous vous rendez compte ? La tartiflette, c'est sympa, mais moi je ne rentre plus dans mes combis. Vous skiez, Rose ?

Stupéfaite, celle-ci passe une tête, la secouant en signe de dénégation.

— Vous devriez. Moi, j'adore le ski. C'est comme les massages et le parmesan, je ne peux pas m'en passer. Ma fille est pareille. Tiens, d'ailleurs… Juliette ?

Nulle réponse ne fait écho à l'appel de Liz, qui le réitère.

— Juliette !… Mais qu'est-ce qu'elle fait ? Ah, j'y pense, Rose, au fait…

La gouvernante sort de la cuisine, à l'écoute. Le ton de sa patronne impose une présence. Elle n'est pas déçue :

— Rose, je me demandais… vous avez sorti les chips à la truffe ?

— Il n'y en avait plus au magasin, Madame.

— Ah non ? grince Liz, pincée. De mieux en mieux… Eh bien, que voulez-vous, on va faire sans, hein ? À la guerre comme à la guerre, pas vrai ? C'est dommage, Anne-Ma adore ça. Avec la viande des Grisons, c'est son petit plaisir. Enfin, on a dit pique-nique, c'est pique-nique !…

Liz observe un petit temps de silence, puis reprend de plus belle à l'adresse de Rose :

— Au fait, et vous, sinon… ça va ? Vous trouvez vos marques ? Heureuse dans notre petite famille ?

— Oh oui, Madame, répond Rose, sans enthousiasme excessif.

— Ça n'est sûrement pas facile pour vous. Réjane était très aimée… Quinze ans à notre service… On l'adorait. Mais bon, elle a préféré prendre sa retraite… Chacun voit midi à sa porte… Quelle heure est-il, d'ailleurs ? Ils ne devraient plus tarder… Et Anne-Ma ! Bon, Juliette !

Toujours engoncée dans son vison dont le col lui remonte jusqu'aux oreilles, Liz va se poster au bas de l'escalier, les mains en porte-voix :

— Juju !

À l'étage, dans une chambre douillette, bonbonnière lambrissée meublée de rééditions scandinaves, un couple est allongé sur le lit. Éric et Juliette. Lui est corpulent et dort bruyamment sur le ventre, visage tourné, bouche gourmande, tordue, obscène, sa joue se gonflant et se dégonflant au rythme des ronflements. Elle, tignasse blonde, un peu plus jeune, trente ans mais en paraissant vingt-cinq, beaux yeux bleus et bouille bronzée de gamine bien nourrie, se repaît de presse people, adossée à son oreiller. Entendant les appels venant d'en bas, Éric ouvre un œil, râle, se retourne. Juliette soupire.

— C'est Maman… Mais qu'est-ce qu'elle est pénible… Elle doit encore avoir un coup dans le pif… T'es réveillé ?

— Mmmm…

Abandonnant son lit de mauvaise grâce, Juliette sort de la chambre et gagne la mezzanine. Elle aperçoit sa mère postée en bas, toujours aux aguets.

— Crie pas, Maman. Éric dort ! Je descends.

Liz en profite pour jouer la complicité avec Rose :

— J'ai un futur gendre qui dort tout le temps… Gentil, mais alors… une marmotte.

Après une éclipse, Juliette réapparaît, coiffée de son voile de future mariée. Une fois dévalé l'escalier, elle se met à tournoyer avec coquetterie. Cela n'échappe pas à sa mère, attendrie :

— On dirait moi tout à l'heure… Telle mère, telle fille…

— Pourquoi tu dis ça ?

— Parce qu'il n'y a pas dix minutes, moi aussi je tournoyais devant la cheminée avec mon vison. Et même mon renard, que j'adore.

— Maintenant que tu me le dis, je me demande bien ce que tu fabriques avec ces fourrures.

— J'avais un coup de froid, ma chérie. Ça arrive.

— Tu parles, il fait une chaleur à crever dans cette maison, ricane sa fille en reprenant sa chorégraphie de princesse.

Liz désapprouve :

— Ma Juju… je t'ai promis de décorer ton voile, c'est une surprise, mais là il va sentir le feu de bois… ou la tomme de Savoie…

— Excuse-moi mais je m'ennuie. Faut bien s'occuper ! Éric dort, Papa n'est toujours pas remonté…

Liz montre la table déjà dressée à sa fille :

— Tu peux nous aider, si tu veux !

— Oh, ça me gave…

— Je te rappelle qu'on fait tout ça pour toi !

— Arrête… Anne-Ma, c'est quand même *ta* copine…

— Oui, ma chérie… mais c'est quand même *ton* mariage !

À tout prendre, Juliette préfère encore faire diversion. Ostensiblement, elle se retourne vers Rose, qui arrange les dernières bougies sur la table.

— Et vous, Rose, comment trouvez-vous mon voile ?

— Très beau, Mademoiselle. On dirait une princesse.

Sa mère revient dans le jeu, quitte à en faire trop.

— Tu l'entends, ma chérie ? Elle est adorable… Par contre, ma Ju, il arrive une catastrophe.

— La neige ?

— Déjà, oui. Mais les chips à la truffe. Il n'y en a plus.

— Oh non…, soupire Juliette avec cette façon de pencher la tête, sourcils en accent circonflexe, qui signe les vrais enfants gâtés.

— Je sais, ma Ju. Mais tu vas être contente, on a tout ce qu'il faut en petits soufflés de chez Desbiolles. Rose, vous avez pensé à les réchauffer ?

— J'y vais, Madame.

Rose fonce vers la cuisine, Liz l'arrête au vol :

— Et rapportez une bouteille de blanc !

— Maman…, la sermonne gentiment sa fille.

— Ben quoi ? C'est la fête, non ? Du moins pour ceux qui sont réveillés… Dis donc, ton Éric, tu ne trouves pas qu'il dort beaucoup ? C'est les princesses qui dorment, pas les princes charmants !

— On est en vacances, Maman. Il est crevé… Papa lui en demande beaucoup, tu sais…

— Ah, ton père…

Le moment tourne à la confidence. Un peu théâtralement, Liz retire son vison, comme si par ce geste elle souhaitait tomber le masque. Se mettre à nu. Elle a de la marge : il lui reste un cardigan cachemire beige sur son col roulé cachemire bronze, et ce pantalon en daim si bien assorti.

— Viens là, ma fille, viens t'asseoir à côté de moi, dit-elle à Juliette en tapotant un coin de canapé.

Juliette s'exécute. Il ne lui a pas échappé que la voix de sa mère devenait pâteuse. Celle-ci poursuit, l'haleine en effet un peu chargée :

— Tu sais, je suis si heureuse pour toi, ma Juliette… Tu vas être magnifique… Ça va être sublime… La tête des Colbert !… Et toi, tu es heureuse ?

— Bien sûr, Maman. C'est juste cette neige… C'est… pesant.

— On est à la montagne, qu'est-ce que tu veux, il neige !

— Mmmm… et Papa et Slav, qu'est-ce qu'ils font ?

— Ton chéri a eu la bonne idée de leur prêter son 4 × 4. Du coup, ils jouent aux aventuriers… De vrais gosses, ils adorent ça !

Juliette se lève, un peu lasse. Mollement, elle tisonne les braises, rajoute une bûche à la flambée, puis une seconde. Et, se rasseyant près de sa mère :

— Et toi, Maman… ça va ?

— Moi ? Mais tout va bien, ma chérie… Je suis avec vous, je suis… je suis bien…

Liz retient de justesse un petit hoquet. Juliette fait mine de n'avoir rien vu.

— Maman, faut pas que tu te fatigues trop pour le mariage. Délègue un peu !

— Ah non ! Je n'ai pas pu organiser le mien, je me rattrape ! Et puis j'adore cette effervescence, cette frénésie… Ça me rappelle des souvenirs… Ton père était magnifique avec sa queue-de-pie… en retard, mais magnifique. Les affaires, déjà…

— J'ai revu les photos : toi aussi, tu étais craquante, Maman.

Avec une tendresse touchante, Liz embrasse sa fille sur le front. À cet instant, Rose revient de la cuisine pour réapprovisionner sa patronne. Qui la remercie gentiment, pour une fois. Puis, avec une brusquerie suspecte, de celles qui font chanceler :

— Bon, ce n'est pas normal ! Moi, je rappelle Anne-Ma. C'est vrai, quoi !…

Liz sort son portable mais constate qu'elle n'a pas de réseau.

— Rien… et toi ?

Juliette jette un coup d'œil au sien.

— Une pauvre barre, je crois… Ah non, même pas.

— Quoi ? gémit Liz. Oh non… Eh bien cette fois, c'est « Koh-Lanta ».

À peine prononcée, la sentence est démentie par un fumet exquis : celui qui monte du four de la cuisine, celui des fameux soufflés de la maison Desbiolles. Ah, Desbiolles ! Ce traiteur symbolise à lui seul l'aubaine qu'a pu représenter pour beaucoup la montée en gamme du village. Petit-fils d'un authentique berger et fils d'un authentique fromager, Albert Desbiolles est aujourd'hui un authentique grand bourgeois, plus riche encore que les Américains et les Anglais qu'il accueille à bras ouverts, leur donnant du « tu » comme autant de Légions d'honneur. Il n'y a vraiment plus qu'eux pour se laisser berner par son béret montagnard, son tablier d'artisan et ses trois mots de patois appris par cœur ! Eux pour croire encore au folklore de son magasin, tout en nappes à carreaux, en poutres vermoulues de récup, en jambons suspendus et en meules de fromages.

D'ailleurs, Desbiolles lui-même est bien trop madré pour être dupe de tout ce tralala en toc. Du moment qu'il vend sa confiture de myrtilles au prix du caviar, il ne voit aucune raison de ne pas servir aux gogos la légende du savoir-faire paysan transmis de père en fils. Tant qu'ils en redemandent, il s'en frotte les mains. Et les lave régulièrement, au savon bio, histoire de ne pas salir le volant de son SUV Jaguar planqué dans le garage.

Dehors, c'est la tempête. Le vent s'est levé, et du pied gauche, on dirait. Dans la pénombre qui gagne, il hurle plus fort que mille meutes de loups affamés. Il brasse tout, soulève tout, c'est une lessiveuse à l'échelle de la montagne. On n'y voit plus à un mètre. Dans le Porsche Cayenne, Marc serre les dents. Il s'en veut à mort. Un V8 de 4 litres sous le capot, des pneus neige dernier cri et même pas foutus de gravir une côte. Voilà plus d'une heure qu'ils sont partis, Slavko et lui, et ils n'ont pas fait cinquante mètres sur ce qu'il reste de la route en lacet. Malgré les tonnes de sel éparpillées par la voirie au début des intempéries, les voilà piégés. La mairie avait prévenu, mais Marc s'est entêté. De mauvaise grâce, il vient de laisser le volant à son homme de main, habitué aux rudes climats d'Europe centrale. Or celui-ci s'énerve. C'était à prévoir.

— Ne force pas le moteur, grommelle Marc. Sinon on est bons pour rentrer à pied.

Dans la tentative d'un demi-tour désespéré, le moteur beugle son impuissance. Buffle de métal, l'énorme

4 × 4 souffle des naseaux, embourbé, absurde. Ses quatre pots d'échappement à canon scié sont braqués sur la poudreuse fraîche, crachant d'ultimes salves de monoxyde de carbone. Un dernier soubresaut et ça y est : l'engin s'immobilise définitivement.

Constatant l'échec, Marc s'offre cet ultime luxe : un peu de mauvaise conscience, l'équivalent moderne de la bimbeloterie que les conquistadors refourguaient aux bons sauvages.

— Allez, on arrête le massacre. C'est nul, ce qu'on fait. Ça pue, ça fait du bruit, c'est dégueulasse.

— Bordel… quelle merde… pire qu'un cauchemar…, grogne Slavko, vexé, en éteignant les phares et en coupant le moteur.

Bien malin qui peut deviner qu'il est de nationalité serbe. Élevé par une mère française, Slavko est totalement bilingue.

— Ça fait du bien un peu de silence…, soupire Marc.

L'un et l'autre se rencognent dans leurs sièges pour mieux évaluer la situation. Le cuir craque sous leur dos. L'habitacle confiné ne les protège qu'incomplètement des hululements du vent dehors, et pourtant il règne dans la voiture une intimité presque gênante.

— Ne restons pas là, décide Marc, surpris de voir son haleine produire déjà un peu de buée.

— Tu as raison.

La tempête est telle qu'ils ont du mal à ouvrir les portières pour s'extirper du véhicule. À peine sortis, les deux hommes reçoivent une gigantesque gifle, celle des bourrasques glacées et de la neige congelée qui leur fouettent le visage. Le vent leur vrille les oreilles comme une perceuse, un grésil coupant leur mitraille les yeux, impossible de parler ou de s'entendre. Ils ne sont plus que deux ombres l'un pour l'autre, vociférant dans le vide. Sans regret et même soulagés, ils laissent derrière eux le 4×4 tel quel, volant tourné, roues à contresens, avec ses deux gros yeux stupides de prédateur blessé. Puis commencent à gravir le semblant de chemin que leurs manœuvres vaines ont labouré d'ornières. Dans son crépitement incessant, la neige jette un voile sur ces cicatrices supplémentaires. Et laisse, magnanime, les deux hommes progresser.

Les parkas épaississent leurs silhouettes. Leur démarche, déjà entravée par les congères et la neige qui les aveugle, est encore alourdie par les après-skis. S'ils sont grands tous les deux, l'un est plus massif et plus voûté que l'autre. C'est Marc Saillard. À sa chevelure abondante, coiffée en arrière, la neige rajoute son grain de sel : son crâne n'est plus que cristaux de glace. Mais le froid qui creuse ses rides en une grimace figée n'enlève rien à sa belle gueule de patriarche, altière, léonine. À son côté, Slavko, la cinquantaine athlétique, cheveux ras, visage émacié, plisse lui aussi ses yeux bleu métal sous les assauts de la tempête. Foutue purée de pois. C'est l'enfer. Masse fantomatique, le chalet Saillard, tout là-haut, a l'air d'un vaisseau à l'ancre lançant ses feux de détresse.

Les deux hommes sont à la peine. Ils ne disent plus un mot. Le hurlement du vent leur rentre dans les oreilles en même temps que la grêle. Leurs yeux sont attaqués par des essaims glacés, pire que des guêpes sur du miel, des mouches sur un cadavre. Ils sont croûtés de givre des pieds à la tête, les jambes englouties par des sables mouvants, des marécages meringués.

Autour d'eux, une gomme géante a tout effacé. Il ne reste sur le papier que du blanc, bleuté par la nuit, zébré de traces grises.

Heureusement, à mesure qu'ils s'en rapprochent, le chalet éclairé reprend une forme rassurante. Et réapparaît peu à peu pour ce qu'il est. Avec ses bougies aux fenêtres, son toit bombé de neige et ses murs boursouflés de blanc, on dirait à nouveau un gâteau d'anniversaire croulant sous la chantilly. Marc songe à ses soixante-quinze ans récemment fêtés. Il se dit que l'âge, désormais, n'a plus d'importance. Seul compte ce qu'il reste à gravir. La pente s'accentuant, les dernières dizaines de mètres sont en effet les pires. Trempés jusqu'aux os, Slavko et lui s'enfoncent dans la neige, leurs genoux peinant à se frayer un chemin. Marc trébuche, manque de sombrer. Slavko lui tend une main que son patron refuse.

Ils y sont presque. À présent, Marc et Slavko ont de la poudreuse jusqu'à la taille. Le niveau monte à la façon d'une eau mousseuse et douce, d'autant plus effrayante qu'elle paraît inoffensive. Pris dans les rais de lumière que projettent les grandes baies du salon, les voilà non loin de l'entrée principale du bâtiment, situé au niveau du séjour. Mais impossible de se risquer dans l'escalier extérieur, trop de neige y est accumulée. Mieux vaut tenter la porte de la remise, davantage protégée.

Marc et Slavko avancent maintenant comme on traverse un torrent, bras au-dessus de la tête. À mesure qu'ils progressent, la neige toujours plus compacte offre une résistance insoupçonnée à leurs corps. Elle devient dure comme la pierre. Il faut l'enjamber, l'écarter, voire l'escalader. L'horreur.

C'est à bout de forces qu'ils atteignent la porte de la remise. Dieu merci, la serrure placée haut émerge de la neige. Le temps de l'ouvrir, de laisser s'engouffrer une tornade de flocons puis de claquer la porte au nez du monstre, ils sont enfin à l'abri. Au chaud. Dans le silence presque revenu.

— Jamais vu ça, lâche Marc en reprenant son souffle.

Il penche la tête et ébroue sa crinière.

— Jamais, répond sobrement Slavko en tapant des pieds et en battant des bras.

Réchauffés, rassérénés, ils regardent autour d'eux. Facile d'accès, la remise n'est qu'un banal lieu de stockage pour les luges, les skis, les pelles à neige. Elle sert aussi de bûcher et c'est là, bien au sec, qu'est entreposé le bois pour l'hiver. Pourtant, c'est comme si Marc et Slav la voyaient pour la première fois. Ils se gardent bien de se l'avouer, mais jamais ils n'ont été aussi heureux de s'y trouver. Un peu plus et ils prendraient chacun assise sur un billot, juste pour fumer une cigarette et savourer l'instant. Du reste, sans même se concerter, c'est ce qu'ils décident de faire. Avant de se résoudre, leurs vêtements imbibés d'eau, à remonter à l'étage.

Dans le salon, l'approche des deux hommes crée un vent de panique. Liz vide son verre d'un trait. Juliette se dresse comme un ressort :

— Je monte réveiller Éric.

C'est dans cette léthargie tout juste dissipée que Marc et Slavko font leur entrée. Depuis sa dramaturgique évocation de l'émission « Koh-Lanta », Liz est tout entière abîmée dans la contemplation du feu. Et, il faut bien le dire, dans les vapeurs d'alcool.

— Vous rentrez par le sous-sol, maintenant ? s'étonne-t-elle.

Marc lève un sourcil agacé.

— On n'a pas eu le choix. La porte d'entrée est bloquée par la neige.

— C'est fou, soupire Liz, je n'ai jamais autant entendu parler de neige que depuis ce matin.

— On est à la montagne, il neige.

Décidément, c'est la phrase du jour. Mais Liz n'insiste pas. Seul Slavko s'y risque.

— Je vais essayer de débloquer un peu le passage.

— Merci, Slavko, lui répond Marc. Mais n'y passez pas trop de temps. Je me demande si ça sert à quelque chose… avec ce qu'il tombe…

— Je vais quand même jeter un œil.

Est-ce l'aspect presque anguleux de sa morphologie sans âge ? ou sa froideur congénitale ? Quand Slavko décide quelque chose, personne ne le contredit. Excepté Marc, et encore. La porte qui claque dans le dos du Serbe ramène Liz à son obsession :

— Marc, vous n'avez pas croisé le Range d'Anne-Ma ?

— Tu penses… On n'a même pas pu atteindre le village ! On a à peine fait cent mètres et on est remontés à pied. Anne-Ma a dû faire comme nous… Tout à l'heure en descendant, j'ai cru voir des traces de pas dans la neige. Peut-être les siens…

— Quoi, tu penses qu'elle aurait laissé sa voiture ?

— Je n'en sais rien, tout est recouvert… Ce qui est sûr, c'est qu'aucun 4 × 4 ne peut grimper là-dedans. Bon… Moi j'ai froid, je vais me changer.

Quand il revient un quart d'heure après, douché, vêtu de son polo fétiche et d'un confortable pantalon de velours, Marc va tout droit se servir un verre. Il dirige le goulot de la bouteille vers celui de Liz.

— Tu en veux ?

— Pourquoi pas ? répond-elle, comme si c'était le premier.

S'enfonçant dans son fauteuil – un authentique Eames dans lequel nul autre que lui n'a le droit de poser ses fesses –, Marc remarque enfin la table croulant sous les victuailles.

— Mais ça va pas ? Vous êtes cinglés ?

— Quoi ? éructe Liz en manquant de s'étrangler.

— D'avoir sorti toute cette bouffe ? Enfin, on est quatre !

— Cinq, avec Anne-Ma !

Marc se fait plus ferme :

— Liz, Anne-Ma ne viendra pas. Tout est paralysé, d'accord ?

— Écoute, c'est insensé ! Son chalet est à un quart d'heure !

— À un quart d'heure en voiture ! Si elle vient, c'est à pied, mais c'est de la folie pure ! On s'enfonce jusqu'au cou et il y a des trous partout…

Liz n'en démord pas :

— Anne-Ma est sportive. Ce n'est pas le genre d'expédition qui lui fait peur.

Marc tente un autre mode de persuasion :

— Liz, lui dit-il doucement. C'est grave, là… Il y a des congères et des crevasses. On n'y voit pas à un mètre. Les pneus n'accrochent pas, les semelles non plus. Tous les reliefs ont disparu sous des paquets de neige et le vent ne faiblit pas. Tu comprends ?

Liz commence à capituler :

— Je vois… Et Francis, qu'est-ce qu'il en dit ?

— Francis ? triomphe Marc. Je l'ai eu, figure-toi, quand le téléphone passait encore. Je te le donne en mille : depuis quarante ans, il n'a jamais vu ça !

— Oh là, si même Francis s'inquiète… En même temps, pour lui, c'est bien !

— Comment ça ?

— Bah oui… Quand il neige fort, les gens ne peuvent pas skier. Du coup, ils bouffent… Quand on est restaurateur, c'est bon pour les affaires !

Marc reste séché par tant d'inconséquence. Voyant Liz se resservir un verre de pouilly et le vider aussi sec, la colère lui monte au nez :

— Y en a qui ne skient pas, mais qui descendent quand même…

Francis n'aurait pas mieux dit. Comme Desbiolles, c'est un enfant du pays et la star du village depuis qu'il a décroché deux étoiles au *Michelin*. Volontiers grande gueule, voire caustique avec qui lui déplaît – les Parisiens adorent se faire rudoyer –, il n'a pas son pareil pour cultiver sa légende à grand renfort de storytellings soigneusement concoctés par des agences de RP parisiennes. Tout y est : les escapades de son enfance, où avec son grand-père il parcourait la montagne à la recherche de sauge et de serpolet ; la récupération des restes, parce que, en ce temps-là, monsieur, « on ne gâchait pas, tout se gardait » ; et même la canne que le vieil homme lui aurait transmise avant sa mort… Aujourd'hui, la « soupe toute simple au serpolet façon grand-père » est à cent vingt euros à la carte ; les étrangers viennent en hélico pour la goûter, et tant pis pour les chamois que ça dérange ou les aigles qui regardent ailleurs. C'est que la neige, en bonne gourgandine, ne se donne désormais qu'aux plus offrants, ceux qui peuvent monter aussi bien en altitude que dans les enchères. Peu importe si ce sont précisément ceux-là qui lui font le plus mal, à coups de grosses bagnoles et de bars lounge bling-bling crachant du gros son dans toute la vallée pour faire danser les parvenus, Cristal Roederer à la main. Ironie de la vie et d'une nature corrompue, quand tout sera investi par les ploucs en tongs et les déchets plastique, les mêmes seront les derniers à pouvoir contempler, du haut de leurs yachts, les ultimes paradis vierges d'un monde qu'ils auront contribué à détruire.

Après tout, l'important, c'est que ça marche ! Et ça marche. Ça marche même tellement bien que Francis, en annexe de son établissement, a ouvert un bar appelé « Les Mangeoires » (toujours la caution rustique). On y trouve des tartines au jambon de pays et des œufs à la truffe « à se damner », dixit les magazines de fooding. Le champagne, lui, vient de Reims. Les Russes adorent s'en arroser quand ils viennent, ça fait danser sur les tables leurs femmes top models qui rient très fort pour donner le change. Elles sont couvertes de sigles prestigieux. Ici comme ailleurs, les griffes des grandes marques ont remplacé celles des loups.

Il va sans dire que Francis adore Marc. Marc est important, Marc a de l'argent et Francis l'appelle Marco. Ce dernier ne s'est jamais laissé abuser par cette complicité mercantile. Mais quand, au téléphone, Francis lui a parlé de la météo, lui a dit que jamais, jamais il n'avait vu ça, la faconde folklorique n'était plus de mise. Francis ne plaisantait plus. Il avait la voix à l'image du paysage, blanche, très blanche. Et c'est à cela que pense Marc en regardant le feu, tandis que Liz somnole à moitié, perdue dans ses coussins. À cela et à rien d'autre.

Il en est là de ses songes lorsqu'une voix chérie lui redonne un peu le sourire.

— Papa ! Papa, tu es là !

C'est Juliette. Juliette qui avait fui à son arrivée, mais qui redescend maintenant pour se jeter au cou de son « papa chéri ». Comme beaucoup de comédiens refoulés – ne sachant que faire après le bac, elle s'était découvert une vocation –, elle a tendance à légèrement forcer ses émotions. Pas suffisamment pour que ce soit flagrant et prêter le flanc à la critique, mais largement assez pour que ce soit crispant. Là, dans sa chemise canadienne, elle a choisi de travailler le registre de l'éternelle petite fille trop contente de se jeter dans les bras de son papa, son papa un peu bourru mais pas mauvais bougre. Sourires excessifs, gestes exagérément tendres et miaulements irritants font partie du répertoire.

— Papa… je commençais à m'inquiéter.

Pas le moment de s'attendrir. Marc connaît depuis toujours la propension de sa fille à surjouer. D'habitude, ça le touche, il y voit de la maladresse, une façon de cacher une forme de timidité – c'est que Marc en impose, même auprès des siens. Mais là, ces minauderies lui tapent sur le système.

— Où est ton futur mari ? persifle-t-il sans bouger de son trône en cuir.

— Il arrive, il arrive…

— Il dormait ?

— Non, non… Il triait des papiers… Il est un peu déprimé.

— À cause de la neige ? bredouille Liz, réveillée.

— Non, parce qu'il vient d'apercevoir son premier cheveu blanc ! rigole Juliette, qui devine l'urgence de détendre l'atmosphère.

Marc comprend le message et décide d'entrer dans le jeu :

— Et moi, mon dernier cheveu noir ! S'il veut, on échange…

Ce disant, Marc sait que sa fille va rire un peu trop fort. Que ce rire sera le gage de leur connivence préservée. C'est ce qu'il advient. Il se rembrunit. Voir se confirmer ce qu'il a prévu est la chose qui l'excède le plus au monde. Or il prévoit beaucoup, et voit souvent juste. Son intuition est telle qu'elle confine parfois au don médiumnique. Cela lui donne souvent l'impression d'être très seul. Incompris. En l'occurrence, pas de quoi fouetter un chat, ni même sa fille. C'est juste que cette dernière en fait un peu trop – péché véniel – pour lui complaire. Complaire au grand Marc Saillard, terreur de sa famille et des milieux d'affaires, terreur pour lui-même.

Jalousie ? Sobriété retrouvée ? Liz a soudain à cœur de ramener tout le monde sur terre, quitte à gâcher la fête.

— Ma chérie, ton père pense qu'Anne-Marie n'arrivera jamais au chalet… qu'il vaut mieux annuler l'apéritif…

Juliette regarde par la fenêtre. La neige tombe par rideaux.

— Tu m'étonnes, avec ce qui tombe, dit-elle simplement.

Mère ou fille, à chacune sa façon d'être sobre. La première paraît piquée au vif :

— Tant pis pour la déco de ton mariage, mais comme tu as l'air de bien le prendre…

— Mieux vaut bien le prendre, intervient Marc, désireux de couper court à ces enfantillages. On ne sait pas quand on va sortir d'ici. Non seulement ça, mais en plus on n'a pas des tonnes de réserves alimentaires devant nous… Je me trompe, Rose ?

Liz et Juliette se retournent, surprises. Ombre discrète, Rose se tient depuis un moment appuyée contre le chambranle de la porte de la cuisine. Le moment est suffisamment grave pour qu'elle ait cru bon de déroger aux règles et d'être là, au même titre que les autres.

— Non, Monsieur, c'est vrai qu'il n'y a pas grand-chose. Des pâtes, quelques conserves… mais pas de quoi tenir très longtemps. Il y avait une grosse boîte de mousse de canard, mais impossible de mettre la main dessus…

— Eh ben…

— Vous savez, Monsieur, ici on achète surtout du frais. C'est un souhait de Madame… Alors, chaque matin, elle me fait sa liste, et Slavko m'accompagne en voiture au village.

— Je vois, dit Marc.

Un peu dépité, le maître de maison réalise à quel point il est loin des questions d'intendance. D'approvisionnement, de réserves. Les gens qui à la moindre crise remplissent leur baignoire de sucre, de pâtes et de boîtes de conserve lui ont toujours inspiré du mépris. Ce genre de considérations ne l'a jamais intéressé. Dans ce domaine, il s'en est toujours remis à la vie, au hasard, naviguant à vue et se contentant de peu. Certes, il possède aujourd'hui des millions sur son compte. Mais tel n'a pas toujours été le cas et, aujourd'hui encore, un œuf et des mouillettes peuvent faire son bonheur. S'il apprécie les bonnes choses, il trouve du dernier vulgaire les gens qui attachent une importance excessive aux « choses de la bouffe », ainsi qu'il les appelle. Tels ces cinglés qui, à tout bout de champ, postent la photo de leur risotto sur les réseaux sociaux ; ou ces amateurs d'émissions culinaires de téléréalité, terrifiés à l'idée de savoir si leur candidat préféré a réussi ou non sa ganache – et c'est alors comme si l'avenir du monde en dépendait. En fait, aux yeux de Marc, le plaisir de la nourriture est certes légitime, mais il doit s'arrêter là où l'indécence commence – celle qui consiste à ériger la « bouffe », oui, au rang de divinité obscène, quand tellement de gens n'ont pas de pain pour subsister. Alors savoir ce qu'il y a dans les placards, franchement… très peu pour lui ! C'est du reste sans doute ce qui explique son manque total de réaction lorsque Liz, étrangère elle aussi à toute notion de prévoyance, invite l'assemblée à se changer les idées.

— Bon, en attendant, puisque le buffet est là, autant en profiter ! Ça ne se garde pas… et puis la neige va bien s'arrêter un jour, non ?

— OK, mais mollo, tempère Juliette. Il y a quand même des choses qui se conservent. Mais… vous faites quoi, Rose ?

— Je prépare une assiette pour Slavko.

— Comme c'est gentil de penser à lui ! ricane Liz, l'œil égrillard.

Avant de répéter, la tête dans son verre :

— Allez, maintenant, c'est la fête ! Pas question de se laisser abattre !

Après tout, ça ou autre chose…, se contente de penser Marc. Alors, oui, comme les autres, il se surprend à s'approcher du buffet et à en profiter. Liz et Juliette ont déjà fait main basse sur les soufflés, le jambon, les chiffonnades, le saucisson, le champagne. Lui préfère un doigt de vin blanc d'Arbois : accompagné de comté et de saucisse de Morteau, il faut bien l'avouer, c'est irrésistible. Rose, quant à elle, a trouvé comme prétexte d'ultimes gougères à surveiller au four pour ne pas se mêler à la curée. Elle est plus à l'aise comme ça.

Sur ces entrefaites, un pas lourd fait trembler l'escalier. Éric fait son apparition, tel qu'en lui-même : en chaussettes, imposant, décoiffé, la nuque aplatie par l'oreiller, un pan de chemise Ralph Lauren sortant de son 501.

— Hello la compagnie, lance-t-il sans conviction en se frottant les yeux.

Aucun écho ne lui répond. Ça ne le décourage pas :

— J'ai une de ces faims, moi !

C'est alors qu'il découvre la présence de Marc. Sans doute le croyait-il toujours en plein gymkhana avec Slavko. Son enthousiasme d'ogre retombe aussitôt :

— Ah… Bonjour, Marc.

— Bonjour, Éric.

Liz tombe de la lune :

— Vous ne vous étiez pas vus ?

— Non. Il dormait quand je suis parti, grommelle Marc.

— Et ce matin non plus ?

Son mari trouve l'interrogatoire un peu trop insistant.

— Non plus. Je travaillais dans mon bureau.

Éric essaie alors de reprendre la main, sur un ton qui se veut léger :

— C'est l'air de la montagne, ça me flingue !

Puis, finissant de descendre l'escalier sans quitter des yeux son beau-père :

— … et puis j'ai travaillé tard sur la fusion Russel Chemical.

Liz s'engouffre à pieds joints dans la brèche :

— Éric, quand même… c'est les vacances ! Vous êtes aussi là pour préparer votre mariage… C'est une fusion bien plus importante, vous savez !

Elle rit de sa blague. Elle est la seule.

— Je sais, Zaboune, enchaîne Éric. Mais c'est un gros dossier.

Marc réagit :

— « Zaboune » ?

Avant de lui répondre, Éric prend le temps de finir une gougère, le plastron parsemé de miettes grasses :

— Bah oui… Tous les surnoms sont pris… Vous, vous l'appelez « Liz »… Pour Juliette, c'est

« Maman »… Alors, je me lance ! Et puis c'est mignon, « Zaboune », non ?

— « Élisabeth », c'est très bien aussi, tranche Marc.

Il se dirige alors vers la porte, royal, laissant l'assemblée dans un froid polaire.

— Je vais voir où en est Slav.

Tout le monde en reste interdit. Liz brise la glace.

— Bon, eh bien cette fois, le fiasco est total… Anne-Ma ne viendra pas, Marc est parti retrouver son cher Slavko… et on n'a toujours pas de réseau ! Rose ?

— Madame ?

— Rose, la fête est gâchée… je crois qu'on va malheureusement devoir desservir. Je vais vous donner un coup de main.

Rose revient avec un plateau et le charge. Liz prend deux coupelles remplies de saucisse sèche… et surtout, la bouteille de blanc.

— Attendez, je vais vous aider, lance Juliette.

Sa mère la maintient assise, les deux mains sur ses épaules.

— Ne bouge pas, ma chérie… Profite un peu de ton fiancé.

Tandis que dans la cuisine tintent les verres et couverts que l'on range dans le lave-vaisselle, Juliette et Éric se retrouvent seuls au coin du feu. La première a depuis longtemps retiré son voile de mariée. Le second, pour la première fois, a l'air vraiment préoccupé : entre ses sourcils, une ride verticale creuse son visage poupin. On dirait un coup de canif sur une pomme bien sucrée. Mais le sucre a un goût de fiel.

— Putain, ça va être gai, se lamente-t-il. C'était une bonne idée de faire construire un chalet à perpète au-dessus de la station, pour le panorama… mais du coup on ne peut pas sortir !

Juliette lui caresse gentiment les cheveux.

— Qu'est-ce que tu veux… On ne vient ici que pour les vacances et, dans ces moments-là, Papa fuit le monde ! Il ne s'est pas ménagé pour obtenir ce terrain exceptionnel…

— … et en principe inconstructible… Oui, tu me l'as dit. C'est bien joli les pots-de-vin, n'empêche que maintenant on se retrouve bloqués !

— Tu exagères…

— Peut-être. Mais mets-toi à ma place. Entre ta mère qui est à l'ouest et ton père qui me déteste, il se peut que je trouve le temps un peu long… La vache, je m'en souviendrai, de mon premier séjour !

Juliette poursuit sa gestuelle de future femme parfaite : des deux mains, elle effleure les joues de son promis, lui passant un baume invisible.

— Papa ne te déteste pas… Il t'apprivoise. Regarde, il te donne une chance sur une de ses boîtes… Tu es comme son poulain !

Éric a une moue ironique.

— Ça, c'est sûr… Je sens bien les éperons et les coups de cravache.

— Arrête… Tu sais, il faut le comprendre, il s'est fait tout seul… S'il en est là, c'est que lui-même ne s'est fait aucun cadeau.

Amadoué, Éric rend les armes :

— Je sais bien, mais bon…

Juliette, toujours dans son rôle de petite fille, saute à genoux sur la vaste méridienne du canapé.

— Tu sais quoi ? On va se faire un petit DVD sous la couette, rien que nous deux… bien au chaud…

— Ça marche, capitule Éric, qui a d'autres idées derrière la tête.

— Je vais demander à Rose de nous faire un thé et je te rejoins.

— OK.

*

Pendant que sa fiancée est dans la cuisine, Éric passe le temps en furetant un peu partout pour mieux découvrir les lieux, soulevant ici un livre, là un bibelot précieux. Indiscret, sinon inquisiteur. Pas de chance : alors qu'il jette un œil sous un tableau, Marc fait irruption dans la pièce.

— Vous cherchez le coffre ?

Le ton est mi-figue, mi-raisin. Éric ne s'y trompe pas.

— Non, non, je regardais… la signature, tente-t-il, tout miel. C'est joli, c'est de qui ?

— Buffet. Le peintre, pas le meuble. Vous vous intéressez à la peinture ?

Éric déglutit.

— Oh oui, d'ailleurs je…

— J'ignorais. Quoi qu'il en soit, ce tableau, il va falloir attendre un peu avant de l'avoir.

— Mais…

Sauvé par le gong : intuition féminine ou pas, c'est à cette seconde précise que Juliette sort de la cuisine, un plateau à la main. S'engageant dans l'escalier, elle apostrophe son homme, qui n'en mène pas large.

— C'est bon, j'ai tout ! Tu viens, Nounours ?

« Nounours ». Devant Marc. Mauvaise intuition, cette fois.

— J'arrive ! lui répond Éric sans quitter Marc des yeux.

Lequel l'achève d'un glacial :

— Surtout, ne travaillez pas trop tard…

Il a beau y mettre du sien, Marc n'a jamais compris ce que sa fille unique pouvait trouver à ce garçon. Ce n'est pas faute d'avoir entendu mille fois le récit de leur rencontre dans un cocktail super guindé : « Il avait confondu la date avec une soirée déguisée et il est arrivé en danseuse étoile ! Tu l'aurais vu avec son tutu rose et ses ballerines au milieu des robes longues et des costards… Ses collants et ses bras velus… Il n'en avait rien à foutre ! Que veux-tu, mon petit Papa, ça m'a fait craquer… Je sais que tu le prends pour un glandeur un peu lourdingue… mais, depuis cette soirée-là, ça n'a pas changé : c'est mon gros toutou qui se fout de tout… mon gros toutou voyou qui me fait rire… J'en suis dingue ! Et puis tu ne le connais pas : sous ses airs, comme ça, il a l'intelligence des grands sensibles… »

Grand sensible, mes couilles, se dit Marc en regardant le couple gravir le majestueux escalier de bois, elle devant et lui derrière, tête baissée mais œil lubrique.

Ils n'ont pas refermé leur porte qu'une autre s'ouvre. Une vraie pièce de boulevard. C'est Slavko qui revient, son visage rougi et ses mains violettes témoignant de ses efforts. La neige qui saupoudre ses larges épaules semble une nouvelle fois s'être infiltrée partout : dans son cou, ses bottes, dans ses cheveux en brosse.

— Alors ? lui lance Marc, sans s'émouvoir de le voir transi de froid.

Slavko a l'habitude. L'émotion, c'est comme la neige sur une parka, ça se balaie d'un revers de main.

— J'ai essayé de creuser. Une tranchée. À la pelle. Mais tu avais raison : la neige est la plus forte. Jamais vu ça. Ça ne sert à rien d'insister.

Le Serbe s'approche de la cheminée et frotte ses mains contre les flammes à s'en brûler les doigts.

— Ton ami du ministère… tu l'as eu ? demande-t-il à Marc.

Celui-ci se laisse tomber dans son fauteuil, le Eames aux courbes douces.

— J'ai eu du mal. Même avec mon cellulaire à la James Bond.

— Et alors ?

— Ils sont débordés. Entre nous, ça ne sent pas bon. Mais pas un mot, hein, Slav ? Pas un mot à quiconque pour le moment. Je compte sur toi ?

Slavko se retourne enfin. Les flammes qui dansent à ses pieds lui composent par en dessous un masque de Lucifer. Ses yeux sont enfoncés au fond de leurs orbites et sa bouche, déformée.

— Tu me connais, Marc. Comment vous dites, vous les Français ? Je suis une tombe.

À peine Slav a-t-il prononcé ces mots qu'un appel déchire l'atmosphère. C'est Juliette.

— Papaaaaaaa !

Tout le monde sort, qui de la cuisine, qui des toilettes – Liz s'y était réfugiée. Et le cri se répète :

— Papaaaa ! Dans la chambre, la télé ne marche paaaaas !

On soupire, on est soulagé. Seul Slavko sourit, diabolique, au-dessus des flammes. *Saleté de gamine pourrie gâtée*, songe-t-il. Mais suffisamment fort pour que Marc lise dans ses pensées.

— Tout se déglingue, mais le problème de ma fille, c'est qu'il y a un faux contact sur sa télé…

Slavko apprécie. Pour autant, c'est sans douceur qu'il stoppe Marc dans son élan :

— Juste une chose, avant que tu montes voir Juliette…

— Oui ?

— Anne-Marie. Il y a un problème.

— Mais quoi ?

— Viens voir.

II

Des jours et des jours que le vent souffle, que la neige tombe, ne s'interrompant que par intermittence, comme si le ciel lui-même avait besoin de reprendre des forces. À se demander comment les nuages peuvent en contenir autant.

À présent, l'épaisseur de neige recouvre les fondations du chalet jusqu'à la terrasse du séjour. Celle-ci se prolonge d'un tapis pailleté, trompe-l'œil tentateur qu'il serait mortel de fouler. Au-dessous, tout est bouché. Plus aucune des pièces du sous-sol ne peut désormais ouvrir sur l'extérieur. Derrière les volets qu'on a pris soin de fermer, il n'y a qu'un mur de glace tassée, dense, métallique. Rose et Slavko en ont pris leur parti, dont les chambres respectives et contiguës, situées au sous-sol, ne sont plus éclairées qu'à l'électricité. Du moins tant qu'elle fonctionne encore.

Décidément, elle semble loin, l'époque où le panorama faisait la réputation du chalet Saillard. Maintenant, à l'infini, tout n'est que brouillard blanc et bourrasques mouchetées de flocons blancs. Un camaïeu abstrait qui, en d'autres temps, n'aurait pas déplu à Marc, grand amateur d'art moderne, mais qui, pour l'heure, le plonge dans des abîmes de nervosité. Et il n'est pas le seul. Car si dehors la neige, en se posant partout, s'applique à arrondir les angles, c'est tout l'inverse parmi les occupants de la maison. Y compris et surtout quand l'ennui est de la partie. De Monopoly, en l'occurrence.

C'est l'occupation du jour. Toute la maisonnée participe au jeu. Toute, sauf Rose et Slavko, naturellement. Ce dernier, la figure pâle contrastant avec le rouge sang de sa chemise de trappeur, a disparu depuis un long moment au sous-sol, sans doute pour couper du bois ; quant à Rose, debout, en retrait, madone d'ébène dans son éternelle blouse noire nouée à la taille, elle contemple les protagonistes. Seule Liz semble s'amuser. Les autres joueurs sont perdus dans leurs pensées, tel le menton posé sur la paume, tel regardant le sol, les yeux éteints.

Pour s'occuper entre deux tours, Juliette fait et défait son chignon fixé à l'aide d'un simple crayon, à la japonaise. Elle sait qu'Éric aime bien. Ce dernier, pour tromper le temps, jette de temps à autre un œil sur la télé dont le son a été coupé. La chaîne diffuse en boucle la même info : « Vallée de la Mourière, situation critique ». Lancés par une brune dont on se dit que même l'apocalypse ne bougerait pas un cheveu de son brushing impeccable, les reportages montrent toujours les mêmes images : familles sans nouvelles et en pleurs, secouristes fatalistes, hélicoptères impuissants à pénétrer la glu sans risque de se crasher… bref, du blanc et du brouillard blanc partout, comme si la télé était cassée.

— Double cinq ! s'écrie Liz en déplaçant son pion dans un tintement de bracelets d'argent. J'avance de dix… et je rejoue !

Éric réagit aussitôt. Son col roulé en grosses mailles de laine le fait paraître encore plus enrobé.

— D'où on rejoue quand on fait un double cinq ?

— C'est la règle, mon petit Éric. Navrée !

Au tour de Marc de s'exaspérer, plus dur et froid qu'une congère.

— Tu confonds *encore* avec le jeu de l'oie…

— N'importe quoi ! Vous êtes jaloux parce que je gagne !

Cette fois, c'est Juliette qui se jette à l'eau. Look cocooning de la tête aux pieds, en simple legging et sweat Mickey, elle dissimule mal son impatience.

— Maman, tu ne gagnes pas. Tu en es à ta deuxième banqueroute. On va bientôt devoir réimprimer des billets !

— Si le papier ne vient pas aussi à manquer, grince Éric en se retournant vers Rose, qui le rassure déjà.

— Non, Monsieur. Le papier, ça va.

— *Tous* les papiers ? Y compris aux…

— Tous, abrège-t-elle d'un air entendu.

Il faut dire qu'aux toilettes, Marc a scotché des petits mots invitant chacun à un maximum d'économies en la matière.

— Heureux de l'entendre. En plus, le papier, quelque part… c'est végétal, non ? Donc comestible.

Liz ne se laisse pas distraire. Elle vient de faire rouler les dés, imperturbable.

— Avenue Foch ! Je suis chez moi ! À toi, ma Juju…

Tandis que le jeu se poursuit au rythme du martèlement des pions, Marc n'y tient plus. Allongeant les jambes, il se renverse sur le dossier de son fauteuil, s'étire de toute sa grande carcasse. C'est alors qu'il prend conscience que Rose est debout.

— Je vous en prie, Rose, asseyez-vous…

— Ça va, Monsieur, merci.

Vaine tentative de décliner discrètement l'invitation : il n'en faut pas davantage pour que Liz, enhardie par un verre de trop, franchisse d'un seul coup le pas qui sépare la sollicitude de la démagogie.

— Marc a raison, Rose ! Ne restez pas debout, voyons… Venez vous asseoir… Enfin, servez-moi un verre *et* venez vous asseoir !

Marc a beau adresser à Rose un regard désolé, le mal est fait. D'autant qu'à présent c'est à Éric de s'enfoncer dans la brèche :

— J'en veux bien un aussi… C'est vrai quoi, au moins ça trompe un peu la faim, poursuit-il en prenant l'assemblée à témoin.

— Mais Éric, vous n'avez pas à vous justifier, objecte Marc.

— Je ne me justifie pas ! C'est juste que je pourrais manger une bûche ! En plus, ça fait des jours qu'on picole sans éponger !

Sur ces entrefaites, Rose s'est docilement assise entre Éric et Liz.

— Ah, voilà qui est mieux ! s'exclame celle-ci. Ce soir, c'est à la bonne franquette ! Pas vrai, Marc ?

Son mari acquiesce, de plus en plus gêné. Mais Liz est lancée :

— Vous aimez le Monopoly, Rose ?

— Je ne connais pas…

— Un Monopoly africain… J'ai trois huttes, je construis un bidonville et je te paie un manioc…, ricane Éric.

Même Liz manque de s'étrangler.

— Ne faites pas attention, Rose, Éric adore faire des plaisanteries.

— Des plaisanteries très souvent drôles, et pas du tout embarrassantes, ajoute Marc.

Éric tente de se défendre. Mal.

— C'est bon, je déconnais… Oh, Rose !? Je déconnais !

— Chez moi on appelle ça de l'humour noir, sourit Rose, pas rancunière.

Elle fait un geste furtif qui signifie « aucune importance ». C'est assez pour qu'Éric se sente autorisé à pousser un peu plus loin le bouchon de sa bouteille de blanc :

— C'est comme « Rose » ! Pardon, mais c'est une blague, ce prénom…

Cette fois, Rose hausse des sourcils incrédules, signe d'une profonde consternation. Marc laisse son futur gendre s'enferrer. Juliette se redresse. Une deuxième fois, c'est donc Liz qui s'y colle pour dissiper la gêne :

— À propos, Rose, vous ne nous avez jamais dit : vous êtes née dans quel pays ?

— À Gennevilliers, Madame.

— Tiens donc… en France, donc ?

— Oui, dans les Hauts-de-Seine.

— Ah, c'est pour ça, vous n'avez pas beaucoup d'accent… En tout cas, ici, comme vous le voyez, on aime bien le Monopoly ! C'est follement rigolo !

— C'est follement chiant, oui…, soupire Juliette.

— C'est le but, renchérit son fiancé.

— Ça n'en finit pas…

— C'est l'avantage.

— Trois jours qu'on joue à ça…

— C'est pas vrai, mon amour. On a aussi fait huit Cluedo, douze Scrabble et sept Mille Bornes.

— Plaignez-vous ! s'écrie Liz. Heureusement que j'ai gardé tous tes jeux de petite fille, ma Juju, autrement…

— Autrement, on se ferait chier, répond l'intéressée. Un peu comme là, finalement… Papa, c'est à toi.

Marc s'exécute et lance les dés, excédé.

— Carte « Chance », grogne-t-il.

Juliette s'en amuserait presque.

— « Chance »… Tout à coup, ça sonne bizarre, ce mot, non ? Un peu comme « Case départ »… Ah… « départ », quel joli mot…

À voir ainsi sa fille rêveuse, Marc ne tire même pas sa carte. D'ailleurs, personne ne s'en aperçoit. La seule à être à fond dans la partie, c'est Liz, qui vient de lancer les dés à son tour.

— Saint-Michel ! J'achète ! Tu te souviens, Marc ? C'est là qu'on a commencé… dans un petit deux pièces trop mignon…

— Mouais… Enfin après, ça a vite été l'avenue Henri-Martin quand même…, se gausse Juliette.

Et de montrer à Éric la couleur du quartier sur la planche de jeu.

— C'est leur petit côté « rouge »…

Éric embraie au quart de tour :

— Pourquoi, boulevard de Belleville, ça ne vous tentait pas ?

— Bah si, tu penses, glousse Juliette. Mais finalement ils ont plutôt choisi les cartes « Taxe de luxe » et « Impôts sur le revenu »…

Marc se réveille.

— Tu n'as pas eu à t'en plaindre, il me semble.

— Oh là là… on peut vraiment rien dire…

Liz fait la sourde oreille, ça l'arrange de rester dans le jeu.

— Avenue Matignon !… Ça me rappelle cette boîte, là… Marc, tu te souviens ? Avenue Matignon, à côté de l'Élysée… Mais si… comment ça s'appelait, déjà ?

— Bah… l'Élysée Matignon, justement, soupire Marc, les yeux au ciel.

— C'est ça ! On disait « l'Élysée Mat' »…

— C'était bath, ironise gentiment Éric.

— Moquez-vous… N'empêche qu'on s'y est bien amusés… J'ai le souvenir qu'une fois, Sacha Distel…

— … avait essayé de t'embrasser, se précipite Juliette. Change un peu de disque, Maman, avec Sacha !

Coup de chance pour Marc qui n'en peut plus, c'est à ce moment précis que Slav remonte du sous-sol. Le voilà qui s'approche discrètement du grand canapé familial.

— Marc, tu… euh, vous pouvez venir une minute ?

À peine Marc s'est-il levé pour suivre Slav qu'Éric se penche vers Juliette :

— J'ai rêvé ou il a tutoyé ton père ?

— C'est la fatigue, tempère Liz qui, l'air de rien, a aussi entendu. Ça arrive à tout le monde…

— Peut-être, lui rétorque sa fille avec un petit air mystérieux. N'empêche que moi… je sais qu'ils se tutoient quand on n'est pas là…

— Qui donc ?
— Papa et Slav.
— Mais non ! Ton père tutoie peut-être Slavko, ça oui ; mais la réciproque n'est pas vraie… Je veux bien que tout foute le camp, mais quand même…
— Je te dis que je les ai déjà surpris !
— Tu t'es trompée, ma chérie. Ton père est un homme moderne, mais pas au point de se laisser tutoyer par son chauffeur !
Rose ne sait plus où se mettre. Se déroulant comme une liane sous l'œil d'un Éric qui ne perd pas une miette de sa cambrure souple, elle se lève pour s'éclipser.
— Je vous prie de m'excuser…
Juliette foudroie sa mère :
— Bravo !
— Qu'est-ce que j'ai fait ?
— Tu l'as vexée !
— Quoi ? Qui ?
— Mais Rose, enfin ! Quand tu as dit que Papa ne se laissait pas tutoyer par le chauffeur. C'était hyper méprisant, tu ne te rends pas compte.
— Qu'est-ce que tu vas imaginer, ma petite fille !
— En plus, c'est faux : Slav n'est pas que « le chauffeur ». Il est bien plus que ça, tu le sais très bien.
Éric saute sur l'occasion.
— Ah bon ? Moi j'ignorais… Y a longtemps qu'il bosse pour ton père ?
— Trente ans, bientôt ! lui répond Liz. Juliette était tout bébé…
Celle-ci reprend la main du récit, dans un duo avec sa mère qui semble bien rodé.

— Papa travaillait beaucoup avec la Yougoslavie, dans les années quatre-vingt-dix. Il y passait quasiment la moitié de son temps. Et puis il y a eu la guerre…

— C'était l'horreur. Chaque fois que mon mari partait, j'avais peur de ne plus le voir revenir. Ou alors estropié.

— On n'a jamais trop su comment Papa avait rencontré Slavko. Mais c'était dans des conditions assez extrêmes, apparemment.

— Il a sauvé la tête de Marc, vous savez ! Nous lui devons beaucoup.

Éric prend l'air faussement impressionné de celui qui n'est pas dupe de la légende familiale. C'est sur un ton empreint de perfidie qu'il reprend l'interrogatoire :

— Mais il avait des parents français ? Il n'a quasiment aucun accent !

— Sa mère, oui… Et puis ça fait partie du job, répond Liz, l'air finaud. Il a encore un peu de famille en France.

— Et il faisait quoi, avant ?

— Papa ?

— Slavko.

— Je ne sais pas. C'était un genre de mercenaire, je crois. En tout cas, son domaine, c'était la guerre.

Éric boit du petit-lait.

— En même temps, tu m'aurais dit qu'il était auxiliaire de crèche, ça m'aurait surpris.

— Pas faux. Mais après tout, c'est sa vie et sincèrement je m'en fous. Moi, du moment qu'on sort d'ici…

Liz dépose un baiser sur le front de sa fille.

— Mais bien sûr, ma chérie, qu'on va sortir d'ici. Je suis sûre que ton père va trouver une idée.

— Mais Maman, quelle idée ? Ça ne dépend pas de lui !

Mécaniquement, Liz lui tend un gobelet et une paire de dés.

— Il y a *toujours* des solutions. C'est à toi, bichette.

Comme souvent, Juliette en rajoute dans la posture découragée.

— Merci, Maman, mais je ne joue plus. J'en ai marre, là…

Tandis que sa fille va s'avachir à l'autre bout du canapé, Liz se retourne vers Éric.

— Bon… vous renoncez aussi ?

— Bah… un Monopoly à deux…

— Eh bien, puisque vous déclarez tous forfait… j'ai gagné ! C'est la première fois ! Ça se fête !

Une nouvelle rasade de vin joint le geste à la parole. Éric en profite pour aller retrouver Juliette sur le canapé.

— J'ai faim, ma Ju… Si tu savais ce que j'ai faim…

— Tais-toi : moi aussi…

— Essayez de ne pas y penser, répond en écho la voix de Liz.

— Moi je veux bien, mais comment ? Comment ?

— La neige va s'arrêter. Le ciel va se dégager, je le sens. Regardez, murmure-t-elle sans trop y croire en jetant un œil à l'une des fenêtres du séjour, déjà au tiers obstruée. J'ai l'impression que ça tombe un peu moins, non ? Comme une… pause.

— Il vaudrait mieux parce que là… j'en peux plus, miaule Juliette.

— Ça va aller, ma chérie.

— J'ai faim ! hurle Éric.

Sa belle-mère en fait autant :

— Vous l'avez déjà dit ! Merde ! On a compris !… Pardon, Éric, se radoucit-elle, mais c'est dur pour tout le monde. Je suis de nature à positiver, vous le savez, mais là j'avoue… Je m'accroche, figurez-vous.

Un lourd silence s'installe, prend ses aises, invité encombrant, importun. Avec une maladresse touchante, Liz tente de l'éconduire :

— Éric, voulez-vous que je demande à Rose s'il reste un petit quelque chose ? Elle fait des miracles, vous savez…

— Merci, Liz, mais il n'y a plus rien, gémit Éric. Vous avez vu le dîner d'hier ? Un bol de pâtes par personne… et quelques raisins secs. Ce matin, un peu de Maïzena. Ah, ils sont loin les restes du buffet d'Anne-Marie… Quand je pense qu'on va passer à un repas par jour…

Liz accuse le coup. Puis, comme pour se convaincre elle-même :

— Après tout, ça ne nous fait pas de mal, un petit régime, reprend-elle, substituant le « nous » au « vous » avec une délicatesse louable, surtout à ce stade d'ébriété.

— À toute chose malheur est bon, je vous l'accorde, consent Éric. Mais là, avouez qu'on devient tous un peu pâlots. Moi qui pensais revenir à Paris avec des coups de soleil…

Le silence fait son retour, plus pesant que jamais. Cette fois, nul ne songe à lui donner congé. On s'habitue à lui. Et ce n'est qu'après un long, très long moment en sa présence que Juliette, bras croisés devant la porte-fenêtre donnant sur la terrasse, se met à penser à voix haute :

— Mais qu'est-ce qui se passe, bordel ? Qu'est-ce qui se passe ? Regardez, on ne peut même plus ouvrir la porte. Qu'est-ce que c'est que ce merdier ?

— Je ne pensais pas qu'il pouvait neiger autant, enchaîne Éric. Sans s'arrêter. Sans un break…

— Et ça tombe… et ça tombe…

— Et ça monte… et ça monte…

De fait, derrière les vitres, il n'est plus question ni de ciel ni de terre, ni de montagne ni de vallée, seulement de neige et de brouillard. Le temps n'est qu'une masse uniforme, passant presque indistinctement de l'obscurité à la lumière. Quant au temps qui s'écoule, il est lui aussi aboli. Les jours se fondent en une même linéarité molle. Seul mouvement tangible quand on se poste devant une fenêtre, les milliards de flocons qui se posent inlassablement, nuée d'insectes silencieux qui, derrière leur apparente douceur, n'en poursuivent pas moins leur mission d'envahisseurs. Par son systématisme, sa monotonie hypnotique, le spectacle fixe l'œil, fasciné, absorbé. Les plus anciens de la maison pourraient témoigner qu'il en allait ainsi, autrefois, avec les postes de télévision : à la fin des programmes, la neige, précisément, remplaçait les images à l'écran et l'on restait devant, encore un long moment, dans une sorte de rêverie qui annonçait le sommeil et son marchand de sable.

C'est dire le réveil en sursaut que provoque l'intrusion soudaine de Marc dans cette ambiance anesthésiée.

— Rose ?

Personne ne l'a entendu remonter l'escalier du sous-sol. Sa silhouette charpentée se découpe maintenant dans l'encadrement de la porte. Il jette un œil dans la cuisine, puis répète, insistant :

— Rose !

Liz réagit enfin.

— Elle est dans l'arrière-cuisine, elle arrive. Qu'est-ce qu'il y a ?

— Il y a que Slavko s'est un peu blessé en… en essayant de tailler la glace pour se frayer un passage dans la neige.

Éric et Juliette se sont levés, moins pour agir vraiment que par une sorte de réflexe, histoire d'avoir l'air de. Liz, elle, se veut efficace et tente d'aller voir. Sa démarche mal assurée lui ôte immédiatement toute crédibilité.

— Ça va aller, merci, lui murmure gentiment Marc en la reconduisant vers un fauteuil. Il n'y a rien de grave, tu sais. Slavko est solide, il en a vu d'autres. Il a juste besoin d'un petit remontant.

Et, s'adressant à Rose qui, entre-temps, est sortie de la cuisine :

— Il y a de l'alcool, Rose ? Pas le vin de la cave, ça je sais qu'il y en a… plutôt un alcool fort.

— Il y a de l'eau-de-vie, si vous voulez.

— De l'eau-de-vie, très bien, approuve Marc en se révélant à la lumière.

De quoi faire glapir Liz, une fois encore :

— Mais enfin, Marc, c'est du sang ! Tu as du sang sur ton pantalon !

— C'est celui de Slavko… Ça a un peu saigné. Ne t'inquiète pas…

— OK… Je ne m'inquiète pas, alors…

Marc lui prend la main et la regarde droit dans les yeux. Quand il fait cela, il sait qu'elle abdique. Derrière ces doigts étreints, c'est toute la masse du colosse qui se fait ressentir. Une attraction. Un magnétisme. Ça marche encore. Ça a toujours marché. Les yeux embués – le vin n'y est pas pour rien non plus –, Liz tente d'évacuer son trouble.

— Tu veux qu'Éric vienne te donner un coup de main ? Éric, ça ne vous dérange pas de…

— Non, c'est bon. Pas besoin, répond sèchement Marc.

Rose lui a donné la bouteille de fine. Marc est déjà dans l'escalier, le dévalant avec un empressement que d'aucuns auraient pu trouver surprenant. Mais nul n'y prête attention, car déjà la léthargie est retombée sur le salon, à la façon d'une couette épaisse.

Assis à même le ciment de la remise, Slavko pose un pansement compressif sur son avant-bras.

— Ça va ? demande Marc.

Dans la grimace de Slavko, on décèle moins de la douleur que de l'agacement. Lui, l'homme de main, n'est plus foutu de se servir de ses dix doigts, semble-t-il. En outre, qu'il puisse éventuellement susciter la compassion le met hors de lui.

Marc le connaît par cœur. Il sait qu'il doit faire dans la sobriété. Pas de phrases ni de chichis.

— Comment tu as fait ton compte ?

— Comme un con. J'étais dans l'atelier, la lame a ripé, elle a entaillé l'avant-bras. C'est profond mais pas méchant. C'est juste que ça pisse le sang.

Marc sourit :

— Ah, il a bonne mine, mon bras droit !

— C'est malin.

— Tu es un peu pâle.

— Tout va bien, souffle Slav dans une grimace.

Même Marc s'en inquiète.

— Je peux t'aider ?

— Oui… Tu as de l'alcool à brûler ?

— De l'alcool tout court.

— Ça ira pour désinfecter. Verse, s'il te plaît.

Marc renverse la bouteille, sans façon, et l'eau-de-vie lave la plaie. Pas un son de la part du Serbe. La blessure apparaît, nette comme un motif en relief parmi les tatouages de guerrier. Ces derniers figurent un entrelacs de codes, de numéros, de signes cabalistiques, d'armes et de femmes, incompréhensibles pour le profane.

— Et maintenant ? reprend Marc, presque gêné d'avoir forcé la pudeur de Slavko.

— Maintenant, c'est très simple : tu sais coudre ?

— Des boutons de chemise, oui. Pas une plaie.

— OK. Alors je veux bien du scotch industriel, s'il te plaît. Et du coton.

— Il n'y en a plus.

— Du Sopalin ?

— Fini aussi.

— Un torchon propre ?

— Je vais te trouver ça.

— Merci. Et garde-moi bien le reste de gnôle. C'est bien ça que vous dites, les Français ? Gnôle ?

— Exactement. Gnôle.

Marc sourit à Slavko, cet homme dur au mal, mi-athlète, mi-ascète, qu'il a toujours eu l'habitude de voir fort et debout. Invulnérable. Un instant plus tard, il revient, triomphant, un torchon à la main.

Dans le salon, chacun trompe l'attente en s'employant comme il peut. Éric est occupé à rajouter un peu de bois dans le feu, ça lui fera son exercice de la journée ; Juliette trie et empile les billets du Monopoly en petits tas irréprochables ; quant à Liz, elle est plongée dans une collection de vieux *Paris Match*, sa marotte depuis des années.

— J'espère qu'il n'y a rien de grave en bas, murmure Juliette entre deux paquets de cartes remises à l'endroit.

Liz pose à regret son numéro spécial « Naissance de Caroline de Monaco ».

— Ton père a dit de ne pas s'inquiéter. Il faut le croire, ma Ju. Tu sais, il est toujours parvenu à nous tirer des mauvais pas. Je me rappelle qu'une fois... Tiens, c'était justement en sortant de l'Élysée-Montmartre...

— Matignon. Élysées Matignon, corrige Éric en remuant les braises.

— C'est ça ! Il était tard, il n'y avait pas de taxi et la rue était pleine de types un peu louches. Un cycliste est passé devant nous… Eh bien, ni une ni deux, ton père lui a acheté son vélo !

Renversant la tête en arrière, Liz sourit, mais tristement. On sent qu'elle a du mal à tourner la page, et pas seulement celle de sa revue. Sans doute est-elle en train de s'offrir un petit voyage dans le passé, ce temps pas si lointain où la neige n'était encore qu'un féerique décor pour Noëls en Autriche et mannequins en chapka. Il semblait qu'alors elle tombait toujours parfaitement, cette neige, légère et scintillante, un peu comme les pans d'une robe haute couture.

Parce que les yeux de sa future belle-mère brillent un peu, Éric croit bon de tenter l'une de ces plaisanteries dont il a le secret :

— Promis, Liz : le premier type qui passe en chasse-neige, on le lui achète.

Juliette glousse, elle s'attendait à pire. Finalement, celle-là, elle la juge plutôt bien trouvée. Mais Liz n'a rien entendu. Elle est si loin, ils l'ont perdue.

— On a redescendu l'avenue, au petit matin… lui sur la selle et moi sur le guidon… Le soleil se levait sur les Tuileries… C'était beau… C'était tarte, sûrement… mais que voulez-vous, on était jeunes… on était vivants…

Elle se lève tout à coup, électrisée, transfigurée.

— Eh bien vous savez quoi ? Moi, tout ça, ça me donne envie de danser !

Juliette en manque de faire tomber son jeu si bien rangé. Cette méthode Coué, cette manière qu'a toujours eue sa mère de passer d'un extrême à l'autre, elle n'a jamais pu s'y faire.

— Maman, tu crois vraiment que c'est le moment ? lui lance-t-elle, exaspérée.

— Alleeez, proteste Liz en se dirigeant vers le lecteur CD, la démarche déjà ondulante. Vous êtes sinistres !

Ce qui suit dépasse l'entendement. Ravie de son coup, et éteignant dans la foulée une ou deux lumières, Liz enclenche le premier CD qui lui tombe sous la main. Le hasard veut qu'il s'agisse du tube planétaire de Barry Manilow, « Copacabana ». « *Her name was Lola, she was a showgirl...* » Dès les premières mesures, le chanteur attaque bille en tête, voix suave et enjouée ; et dès les premières mesures, Liz est à son diapason, se trémoussant sans retenue dans un style 80's que l'on ne voit plus guère que dans les archives de l'INA consacrées aux émissions des Carpentier. Le vin, les souvenirs et l'énergie du désespoir aidant, c'est un festival de déhanchés, de mains claquées, de toupies plus ou moins réussies et de chevelure jetée en arrière façon Farrah Fawcett. Au point que, très vite, d'abord ralliés de mauvaise grâce puis se laissant gagner par les dandinements, Éric et Juliette finissent par se prendre au jeu. Même Rose, alertée et sortie de sa cuisine, semble à son tour attirée par le déluge de cuivres et de congas : au début intimidée et un peu à l'écart, elle a tôt fait d'être invitée par Éric, qui l'entraîne dans une biguine un peu collet monté, mais plutôt bon enfant.

— Allez, Rose ! hurle-t-il.

Bon enfant ? C'est mal connaître l'homme. À la faveur de la lumière tamisée – une consigne de Marc, économies d'énergie obligent –, la biguine se fait plus torride, les déhanchés plus insistants. Bref, le collet monté tourne au collé-serré. Autour d'eux, Liz et Juliette, elles-mêmes lancées dans un duo chaloupé, reprennent le refrain à tue-tête – « *Copacabanaaaaa* » – et ne pensent qu'à rire. Sentant les mains de son cavalier (c'est le mot) monter petit à petit de ses hanches vers ses seins, Rose voit venir le piège et se tortille l'air de rien pour y échapper. Elle n'en a pas besoin. La seconde qui suit, tout s'éteint, tout s'arrête. C'est le noir. Un noir presque complet, juste altéré par les dernières lueurs des braises enfouies dans les cendres de l'âtre. Au milieu de la stupeur générale, et alors que Rose, enfin libérée des griffes d'Éric, cherche à tâtons la cuisine pour y trouver des bougies, une seule voix se fait entendre – celle de Liz, comme toujours.

— Oh non ! On commençait à peine à se détendre ! Qui a coupé l'électricité ?

— C'est général ! lui répond d'en bas le rugissement de Marc, comme venu d'une caverne.

— Mais comment ça ?

— Personne n'a coupé, Maman, reprend la voix de Juliette, sur un ton calme contrastant étrangement avec l'orgie de décibels qui emplissait la pièce trente secondes auparavant. C'est une coupure générale…

— Ah bon ? Éric, soyez gentil de vérifier si c'est aussi coupé dans la vallée ! Comme ça au moins on sera fixés…

Cette fois, ce dernier perd son sang-froid :

— Mais bon sang, Zaboune ! Vous voyez bien ! On est dans le noir, on ne voit rien ! Cette neige cache tout !… Quand allez-vous finir par le comprendre ?

Le retour fuse du tac au tac :

— Quand vous cesserez de m'appeler « Zaboune » ! Là !

— Eh… ça ne sert à rien de vous disputer, tempère Juliette. Ne bougez pas, je vais chercher Papa…

Dans un claquement sec, une flamme jaillit. Celle du briquet que Juliette vient d'allumer, éclairant son visage d'un halo tremblant.

— Mais d'où tu sors ce briquet ? éructe Liz, fantôme niché dans les ténèbres. Tu… tu fumes ?

— Depuis quatre ans ! Mais on s'engueulera une autre fois, tu veux ?

— Je t'engueule si je veux !

— Y en a bien d'autres qui picolent depuis quarante ans, non ? Alors s'il te plaît, Maman : lâche-moi !

Bon sang ne saurait mentir. Brandissant son flambeau miniature, Juliette file droit vers l'escalier qui descend au sous-sol, laissant là sa mère seule avec Éric.

— Vous étiez au courant, Éric ?

— Oui.

— Eh bien ! C'est de mieux en mieux !

— Marc aussi, je crois.

— Si je comprends bien, tout le monde me ment dans cette maison ?

Il aura donc fallu l'obscurité pour que Liz y voie plus clair. Il était temps. Éric ne résiste pas à la tentation de profiter de l'aubaine :

— Évidemment que tout le monde vous ment. Sans le mensonge, on se serait déjà tous entre-tués…

— Hein ?

— Je parle de l'humanité en général. Pas de cette semaine de vacances, bien entendu.

— Parce que vous appelez ça des vacances, vous ? lâche Liz, irritée par tant d'ironie gratuite.

— Par certains aspects, oui…

À ce moment-là, on entend un petit « Oh ! » étouffé. C'est Rose. Alors qu'elle se hissait pour allumer une bougie sur une étagère, Éric en a profité pour glisser sur sa taille une main baladeuse. Une main très tentée de descendre un peu plus bas, la paume déjà arrondie par la promesse d'un galbe incomparable.

— Tout va bien, Rose ?

— Tout va bien, Madame, articule la gouvernante, le souffle coupé en rejoignant furtivement un autre coin de la pièce pour fuir son assaillant.

C'est à ce moment-là que Juliette et Marc reviennent du sous-sol, talonnés par un Slavko dont l'avant-bras est grossièrement bandé.

— C'est joli toutes ces bougies ! s'émerveille Juliette, avant de lancer à la cantonade : Pour l'électricité, Papa dit que c'est une restriction.

— C'est le thème du séjour, visiblement, grogne Éric.

Marc respire un grand coup.

— Bien vu, Éric. Et ce n'est qu'un début, figurez-vous. On se serait tous un peu restreints, on n'en serait pas là.

— Que voulez-vous, Marc, ça s'appelle la civilisation. On n'allait pas continuer toute notre vie à vivre de la cueillette…

— Quand je dis que ce n'est qu'un début, je parle surtout de la maison. Il faut faire beaucoup plus attention… aux appareils ménagers, à la lumière, mais aussi à l'eau, aux rations… ou ce qu'il en reste… et au bois, précise Marc en jetant un œil à la cheminée, où ne subsiste qu'un tas de cendre. En bas, la réserve de bûches diminue à vue d'œil.

— Quel programme…

— C'est comme ça. Pour l'électricité, je vais me renseigner. Montez dans vos chambres. De toute façon, la soirée est foutue.

— Si ce n'était que la soirée…

— Bon, Éric, c'est chiant, là !

Le coup est parti tout seul. Juliette a parlé à la place de son père. Elle semble en être la première surprise. Quant à Éric, il est outré :

— Ça va pas de me parler comme ça ?

— Non mais c'est vrai, chéri… Avoue que ça n'aide pas… Déjà que tu louches sur…

— Sur qui ?

— Tu m'as très bien comprise.

— Mais explique-toi !

— Non, rien… Laisse tomber.

Campé sur ses mocassins d'intérieur en daim fourré, le chéri boude ostensiblement. Elle lui prend le bras :

— Allez, bébé… excuse-moi. C'est juste que je deviens dingue…

La grosse face joufflue se laisse attendrir. Ce qui arrache un vague sourire de consolation à Liz, laquelle annonce qu'elle va rejoindre ses quartiers.

— Bon, eh bien moi je vais me coucher… Bonne nuit, tout le monde.

Un maigre chorus de « Bonne nuit » se fait entendre. Le regard de Liz s'arrête alors sur le blessé du jour.

— Bonne nuit, Slavko. Ça va mieux, votre bras ?

— C'est déjà oublié, Madame. Merci.

— Ah, très bien. Marc est le meilleur des infirmiers.

Puis elle reste là. Immobile, comme prostrée, à sourire dans le vague, les yeux posés sur son mari. Qui s'impatiente.

— Eh bien ? Qu'est-ce que tu attends ? lui lance-t-il.

— Pardon, j'étais ailleurs…

— Et à quoi tu pensais, on peut savoir ?

— À un vélo de fortune acheté à prix d'or, dévalant les Champs-Élysées au petit matin…

— Ah…

Liz ne voit pas l'attendrissement sur le visage de son mari. Un rien théâtrale, elle tourne le dos à ce public bien trop familier pour croire encore à ses effets dramaturgiques. Puis gravit l'escalier et disparaît à l'étage. Dans ce théâtre d'ombres ponctué de flammèches vacillantes, on s'attend presque à entendre monter les applaudissements nourris qui clôturent généralement la fin d'un acte. Réalisant que le rideau tombe, Juliette, à son tour, se lève du fauteuil où elle s'était remise de sa dispute avec Éric.

— On monte aussi ?

— J'ai faim, lui répond son bébé en mal de crêpes au Nutella, sa gourmandise préférée – et tant pis pour les orangs-outans, qui n'ont qu'à aller faire les singes dans des zoos prévus pour ça.

— Comment ça, « tu as faim » ? reprend Juliette avec cette voix censée adoucir les récalcitrants. Eh bien justement, « qui dort dîne » !

— Peut-être. Mais qui ne dîne plus risque de dormir pour toujours !

— Décidément, tu es en forme. Allez, viens…

— Non, vas-y, toi. Moi je reste un peu. Pas sommeil…

— Comme tu voudras. Tu ne tardes pas, hein ?

À son tour, Juliette se dirige vers l'escalier. Arrivée à la hauteur d'une ombre tout en masse – dans la position du *Penseur* de Rodin, Marc consulte son smartphone –, elle s'arrête :

— Bonne nuit, Papa.

La statue de bronze lève la tête, plus que jamais dans ses pensées, précisément :

— Hein ? Ah oui… Bonne nuit, ma chérie…

— Papa, si tu as des bonnes nouvelles de Paris, tu me réveilles, d'accord ?

— C'est promis.

Après être allée saluer Rose et Slavko qui papotent *mezza voce* à la cuisine, Juliette commence à monter les marches, son briquet allumé à la main, puis se ravise.

— Ah, au fait, Papa…

— Oui ?

— Maman sait que je fume…

— Et merde.

— Mais ça va, elle le prend bien. Avec cette tempête, elle relativise… C'est déjà ça !

La pièce replonge dans un silence à peine troublé par les chuchotements de Rose et de Slavko. Marc est toujours penché sur son téléphone, l'écran lumineux lui composant un masque pâle aux traits accusés tout droit sorti du théâtre nô.

Éric, immobile dans l'ombre, s'en étonne :

— Vous avez du réseau, vous ?

— Oui.

— Ah bon ?

— C'est un canal spécial.

Éric ne se laisse pas refroidir. Cette attitude glaciale serait même plutôt faite pour réchauffer ses ardeurs.

— Votre épouse est persuadée que vous allez nous tirer de ce mauvais pas…

— Si elle le dit, grommelle Marc sans lever la tête de son appareil.

— Elle dit aussi que vous vous sortez toujours de tout…

— Grand bien lui fasse.

— À ce propos…

— Hmm ?

— Je ne savais pas que vous aviez travaillé avec la Yougoslavie ?

Bingo. Marc se retourne aussitôt vers Éric, piqué au vif, pas très à l'aise.

— Comment ça… C'est quoi cette histoire ?

— Je ne sais pas, moi… mais c'est passionnant, je trouve ! Vous y faisiez quoi ?

— Ma foi, rien d'extraordinaire. Un peu de business…

— Génial ! Quel genre ?

C'est là que Marc décide de faire exactement ce à quoi Éric s'attendait : botter en touche.

— Bon, Éric… Il est tard et je vous rappelle que je dois passer un coup de fil important… alors on parlera boulot un autre soir, si vous voulez bien.

Éric peut sourire impunément : dans ce coin du salon, l'ombre est encore épaisse.

— Bien sûr. Pardon. Bonne nuit, Marc.

— Bonsoir.

Est-ce ce « bonsoir » prononcé fort qui donne le signal à Rose ? Slavko sur ses pas, la voilà qui déboule dans la pièce pour déposer sur la grande table différents chandeliers qu'elle a dénichés, nettoyés et fait briller.

— Merci, Rose. Mais je vous en supplie, allez vous coucher, vous aussi. J'éteindrai ! Enfin, si j'ose dire.

— Bien, Monsieur, lui sourit-elle.
— Bonne nuit, Rose.
— À demain, renchérit Slavko, totalement sous le charme.

Rose disparaît dans l'escalier. Le bruit de ses pas retentit *decrescendo* au fil des marches, volée de notes légères sur un clavier de bois. Marc observe son ami et manque d'éclater de rire : de même que le silence qui suit du Mozart est encore du Mozart, la présence de Rose, assurément, est encore sur le sourire de Slavko.

— Elle te plaît, hein ?

Slavko regarde ses pieds. Marc s'esclaffe de plus belle.

— Mais ma parole, c'est même plus que ça ! Je me trompe ?
— Que veux-tu... Elle est si... pure.

Marc en soupire d'aise... et d'approbation inavouée. Il reste ainsi un long moment, dans un silence qui en dit long. Jusqu'à ce que la réalité se rappelle à son bon souvenir.

— Tout ça c'est bien mignon, mais en attendant j'ai un coup de fil à passer, moi...

Slavko ébauche un mouvement pour se lever.

— Non, non, reste là... au contraire... Oui, allô ?

Marc regarde l'écran, l'oriente dans toutes les directions, essayant de stabiliser la connexion.

— Ah, c'est mieux... C'est Marc Saillard... Oui, on nous a coupé le courant... Plus rien, non... Non plus... Ah, ça va revenir ?... OK... Et vous, quelles nouvelles ?... Oh là... Ah oui, quand même... D'accord... Si, mais ça passe super mal... Allô ?... Vous m'entendez ?... Putain de merde !

Le téléphone valdingue sur la moquette, joujou

high-tech dérisoire. Marc se prend la tête dans les mains, les coudes posés sur les genoux.

— Là, c'est vraiment la cata, Slav… vraiment la merde… Au Service ils me disent qu'ils n'ont jamais vu ça… que c'est historique. C'était tellement couru…

Slavko se lève, tourne en rond, réfléchit, revient vers Marc, encore assis et accablé, lui pose une main sur l'épaule, ainsi que la seule question qui vaille :

— Ils vont faire quelque chose ?

— Rien pour le moment. Techniquement, ils ne peuvent rien faire. Ils nous disent de tenir le coup. Voilà où on en est.

— Je vois…

Slavko se penche à l'oreille du boss. C'est la première fois qu'il le voit faiblir.

— On va s'en sortir, Marc. On en a vu d'autres.

— Je sais, mais là…

— Crois-moi : on va s'en sortir.

— OK.

L'emprise sur l'épaule se fait plus ferme, la voix plus métallique :

— Marc, pardon de te demander ça, mais… tu as réfléchi à ce que je t'ai proposé ?

Là, c'est la totale. Marc secoue la tête, les yeux fixes, horrifiés, somnambule sorti du lit en plein cauchemar :

— Non… non, c'est trop tôt… c'est…

Un geste ample, balayant l'air comme pour chasser quelque chose, termine sa phrase.

Slavko s'en tient là.

— Je comprends. Et qu'est-ce qu'on fait, alors, pour…

Marc se lève, voûté, épuisé. En quelques minutes, il a pris dix ans.

— Je ne sais pas, Slavko. Je ne sais pas. On verra demain.

Ensemble, dans un même souffle, les deux hommes éteignent une à une les bougies.

Ainsi s'endort le chalet Saillard, jouet de luxe, roi des vitrines, cerné par la tempête. Et avec lui, essayant du moins, l'ensemble de ses habitants. Chacun s'enroule dans ses plumes pour mieux se prémunir de celles qui tombent dehors. Chacun s'enfonce dans son coton pour conjurer ce à quoi se réduit à présent le paysage. Car c'est là toute l'ironie de la situation : à bien des égards, les veloutés et les pailletés, le moelleux et la douceur qui tapissent l'extérieur du chalet sont les parfaits pendants de ceux qui capitonnent son intérieur. Leur reflet le plus cristallin. De part et d'autre des murs de pierre, seule la température change. Et les couleurs. Dehors, l'hermine, rien que la froide hermine. Dedans, rien que la chaleur du bois et du tissu, du vison et du cachemire, du shetland et de la vache, la chaleur de toutes les teintes qui vont du coquille d'œuf au chocolat noir en passant par le beige, le taupe et le caramel. On en mangerait.

C'est à croire que chaque chose a sa symétrique. Que tout peut se retourner comme un gant – de ski – du jour au lendemain. Cette conscience vague incite d'ailleurs chacun des membres de la maisonnée à tirer sur sa couette plus que de raison. À s'y enfoncer comme pour y disparaître, animal humain désireux d'hiberner, soucieux d'atteindre le fond de sa tanière, la seule valable, au creux de la terre, dans son sein même. Car peut-on faire confiance aux constructions humaines, même les plus solides et les mieux charpentées ? Peut-on légitimement se fier à ces murs de pierre, à ces structures en bois, à ces toits d'artisans ? Pas sûr, dès lors que se fait sentir la pression douce mais tenace d'une gigantesque poigne extérieure, main de fer dans un gant de velours.

Alors, rien d'étonnant si ça remue dans les literies haut de gamme. Si ça tâtonne dans la pénombre pour chercher du Stilnox. Si ça se tourne et se retourne, si ça change son oreiller de côté, si ça boit de l'eau sans raison, juste pour faire quelque chose, exorciser les fantômes, les craintes d'avenir et, pire encore, les souvenirs. Seul Éric dort du sommeil du juste – si l'on ose dire. Pour le reste, selon les âges, les uns ou les autres voient leur sommeil empêché par le froid, et peut-être encore plus par la faim. À cela s'ajoutent les pensées parasites que les insomniaques connaissent bien et qu'ils repoussent en vain, à l'image de ces tubes de variétés improbables qui n'ont pas leur pareil pour hanter le cerveau du coucher jusqu'à l'aube.

« Il a neigé sur Yesterday » vient ainsi pénétrer la conscience de Liz, faisant écho à de très anciennes vacances aux sports d'hiver durant lesquelles cette chanson de Marie Laforêt passait régulièrement à la radio. Les yeux grands ouverts dans le noir, ainsi qu'elle le faisait enfant avec sa lanterne magique, la voilà qui se passe son petit diaporama en solo, tout droit sorti de *Paris Match* et de *Cinémonde*. Bardot en fourrure, à Gstaad. La Ferrari de Gunter Sachs, les pneus cartonnés de poudreuse, pas loin. Le visage d'Annie Girardot apparaissant derrière un pare-brise, que Montand débarrasse de ses amas de flocons. *Vivre pour vivre*, musique de Francis Lai. Deneuve en bonnet blanc et lunettes noires dans *Belle de jour*. Et Trintignant tout sourire au volant de sa Mustang, phares braqués sur les congères, au rallye de Monte-Carlo. Les anoraks, les chaussures à lacets, les lunettes Vuarnet, les exploits de Guy Périllat et la gueule de Killy, fou de joie. Les chaussures de ski à lacets. Les fixations à ressort placées à l'avant des skis, les jolies filles se penchant très bas pour les rabattre, jambes allongées par les pantalons fuseaux. Les play-boys en pull norvégien ne ratant rien du spectacle. Les hôtels à devanture en bois. L'insouciance fabuleuse des heureux élus dansant le mambo, un *drink* à la main, comme si tout était aussi éternel que les neiges du Kilimandjaro.

Alors oui, elles coulent, les larmes de Liz. Sans bruit. Elle peut bien se les offrir : pour elle, depuis longtemps, il n'y a pas de petit luxe. *Ramenez-moi là-bas*, supplie-t-elle en silence. *Ramenez-moi dans ces années, dans ce pays d'avant, je vous en prie.* Ce masque dans la pénombre, ces beaux yeux fondus la rendent bien mieux que belle : émouvante comme la beauté dont on sait qu'elle ne sera plus. Toujours ce faux air de Ludmila Mikaël. Marc lui prend la main et, dans cette étreinte-là, il y a la volonté de retenir Liz au-dessus du vide.

— Tu penses à quoi ?

Il la prend contre lui, elle en est toute surprise mais elle retrouve les gestes. Il lui caresse l'épaule. Le parfum, la peau, les cheveux de sa femme lui font un bien fou.

— Aux neiges du Kilimandjaro. « Elles te feront un blanc manteau »... c'est à ça que je pense, mon amour. Et toi ?

— Moi, là ? Chanson pour chanson, ce serait plutôt à… « L'été indien ».

Madeleine redoutable. Marc est submergé à son tour – chacun sa nostalgie. Pour Liz, c'était la neige en souvenir, pour Marc, le soleil en carte postale.

— Joe Dassin. Été 75. On n'entendait que ça. Avec « Brasilia Carnaval ». Et « Shame, Shame, Shame »… J'avais trente ans, en solo.

— Et moi quinze, avec mes parents, encore loin d'imaginer qu'un jour j'allais te connaître.

— Et tu te souviens de cette chanson ?

— Oh que oui…, murmure Liz, en pente douce vers le sommeil.

Au tour de Marc de se lancer son film en huit millimètres, juste pour le plaisir. Été 1975. Sa grande période de célibataire flambeur, l'époque de ses premiers gros coups dans l'immobilier. Avec des amis, il avait loué une villa près de Saint-Tropez. Il faisait chaud pendant ce mois d'août, mais ce n'était pas, alors, un soleil qui faisait peur. Et oui, le flamboyant disco de Shirley & Co – « *Shame shame shame, shame on you, if you can't dance too* » – berçait les soirées. La nuit, aux Caves ou au Byblos, c'était la samba des Chocolat's qui prenait le relais : « *Brasilia Carnavaaaal, à deux c'est l'idéaaaal, forever I love you* »… La maison flambant neuve sentait encore la peinture, des fils rouges et bleus pendaient aux plafonds et, pour Marc, à jamais, cet été-là allait avoir cette odeur : celle du neuf, du plâtre frais, du commencement et de tous les possibles.

Dans la nuit, Marc sourit. Un jour, alors que lui et son pote Gilou fumaient devant la maison, ils avaient vu Dalida en chair, en os et en cheveux. Un sbire l'attendait à bord d'un Riva amarré au bout du ponton – un modèle si magnifique que les deux hommes, pris d'une envie de gamins, avaient décidé de louer le même. En fait, ils voulaient faire comme Eddie Barclay, car le roi du microsillon en possédait un. Ils l'avaient vu une fois rentrer au port, debout à la barre, avec sa fine moustache, son gros cigare, ses copains à bord ainsi qu'une ribambelle de filles aussi sublimes que dans les pages de *Lui*… et pas tellement plus habillées. Après tout, elles ne faisaient que se conformer à la une de *L'Express*, sondage à l'appui : « Seins nus, les Français sont pour ». À voir la créature en photo sur la couverture, on ne pouvait que leur donner raison.

Marc et ses copains faisaient des fêtes jusqu'à l'aube. Le turquoise de la piscine illuminait la nuit. Les filles dansaient sur le plongeoir, les gens tombaient à l'eau, tout habillés de blanc, on se serait crus dans un reportage de Claude Azoulay sur une fête en blanc du même Eddie Barclay ; sur le parking, entre les palmiers, il y avait des coupés Mercedes et des Dino Ferrari, et leurs ailes brillaient sous la lune – on aurait dit les courbes d'un harem endormi ; dans la nuit chaude montaient les rires puis des soupirs plus ambigus ; et le matin tout repartait de plus belle, tout recommençait.

Ils étaient tous les héritiers de Maurice Ronet, rentrant ivres morts aux aurores. Ils étaient tous plongés dans *La Piscine* avant la noyade prévisible. Ils occupaient le temps comme les enfants gâtés qu'ils étaient, échantillons parfaits d'une génération dorée sur tranche. Tout habillés de lin, ils allaient faire les courses au « village » à bord d'une Mini Moke ouverte à tous les vents, vents de coco et de monoï. Sur le port, ils suçaient des glaces Popoff en regardant les bateaux, une vraie chanson de Michel Jonasz. Ils se prélassaient dans leur chambre, faisaient l'amour abondamment, jouaient au flipper dans le salon, buvaient beaucoup de rosé et lézardaient, sourire aux lèvres. Été 1975…

Maintenant, dans ce chalet cerné par la tempête, vaisseau en train de couler dans un océan blanc, Marc ne sourit plus. Il a froid, et qui sait s'il y aura encore longtemps du fuel dans la chaudière. Pour un peu, il pleurerait ce carnaval perdu. Il se retourne, s'interroge, se torture. Ils étaient certes privilégiés, mais c'était surtout l'époque qui l'était. Ils étaient nés au bon moment. Ils baignaient dans un bonheur insouciant tandis qu'au loin le soleil inoffensif des Trente Glorieuses lançait ses derniers feux. Le Concorde allait bientôt fuser entre Paris et Rio. Le paquebot *France* vivait ses derniers voyages, mais il était là. Pour ce qui allait suivre, comment s'imaginer ? *Shame on you*, mais honte à qui ? Les filles étaient si belles en bikini, au volant de leurs cabriolets. Suffisamment en tout cas pour embarquer Marc vers un sommeil fragile, sur une route tropézienne encore ensoleillée, mais gagnée par une ombre de mauvais augure.

III

À la jauge, lors de l'inspection d'hier à la buanderie, il restait encore un fond de fuel pour la chaudière. Mais dorénavant, et dans l'incertitude où il se trouve, Marc n'autorise la mise en route du chauffage que durant les heures nocturnes. Et encore, au minimum. Résultat, lui-même n'a quasiment pas dormi de la nuit. C'est la première fois qu'il a froid dans ce bureau – son bureau – situé à l'étage. Chacune de ses expirations se transforme en un halo de vapeur glacée. Quand cela se produit devant Juliette, ça lui rappelle le temps où son père fumait d'énormes cigares cubains et en recrachait distraitement la fumée.

D'habitude, pourtant, il fait toujours bon dans cette pièce chaleureuse, certes mansardée mais suffisamment spacieuse pour que l'imposante stature du maître des lieux s'y sente à l'aise. Mieux qu'un nid haut perché, c'est un poste de vigie où Marc se réfugie pour maintenir les caps qu'il s'est fixés dans la vie. Il faut dire que le décor pousse à l'introspection. Ici est rassemblé tout ce qui compte à ses yeux : souvenirs et objets emblématiques de ses voyages et, plus généralement, de son parcours ; livres d'art, statuettes ; photos de lui posant avec des puissants, qu'ils soient connus ou anonymes ; clichés de lui entouré de sa famille ou de ses amis, partout dans le monde. Marc à Sydney, Tokyo, New York. Marc à la pêche au gros. Marc déposé en hélico pour dévaler des pentes immaculées. Marc sur les parcours de golf les plus courus de la planète, heureux sous sa casquette de joueur de base-ball, avec sur le nez, en permanence, les lunettes noires qui confèrent aux vies des *happy few* le délicieux vernis de la légende.

La bonne nouvelle, c'est que l'électricité est revenue pendant la nuit. Emmitouflé dans un plaid sous le halo de l'unique halogène allumé, Marc feuillette les revues anachroniques auxquelles il est toujours abonné. Non pas des mensuels de mode, comme ceux qu'effeuille souvent Liz, mais leur pendant masculin : de luxueuses publications portant sur ses domaines de prédilection, à savoir les voitures, les bateaux et les destinations de rêve. Tous ces joujoux qu'enfant il s'était juré de s'offrir un jour, sans compter sur personne. Peut-être parce que, déjà, il ne croyait pas au Père Noël.

Les pages de papier glacé défilent sous ses yeux, comme venues de très loin. D'une autre vie, du monde d'avant. Ici, les colossaux SUV de marque, tout de chromes et de cuir cousu main, farcis de bois rares et d'acier, deux tonnes à déplacer pour un oui ou pour un non. Là, les yachts irréels, fers à repasser clinquants lissant la soie turquoise de la mer Égée – rien que du teck sur le pont et des accastillages nickelés, des serviettes blanches roulées sur les transats, des couchages cinq étoiles et quinze mille chevaux sous le capot pour aller boire un verre sur une plage de Corfou. Ici encore, précisément, toutes ces anses de sable blanc, paradis préservés pour nouveaux robinsons qu'un saut en jet suffit à relier sous toutes les latitudes…

En parlant de navire, Marc regarde autour de lui et écoute… Oui, c'est elle qui fait ce bruit. La neige. La neige qui s'accumule partout, s'insinue, fait peser sa menace. Ça craque, ça grince, ça glougloute comme s'il y avait une voie d'eau dans la coque. Malgré tout, le bâtiment tient bon et, même s'il se retrouve à présent enchâssé dans un iceberg de la taille d'un massif montagneux, on n'en est pas encore au naufrage du *Titanic*. Le capitaine reste serein.

Certes, les fréquentes pannes d'électricité empêchent Rose de passer l'aspirateur aussi souvent qu'elle le souhaiterait et les moutons de poussière s'accumulent un peu partout. Certes, les coupures d'eau la dissuadent de s'adonner aux nettoyages-rinçages superflus – et de ce point de vue, les traces de nourriture le long des meubles de cuisine, de savon dans les lavabos et de semelles sur les dalles trahissent mieux que tout le dépérissement ambiant. Mais en femme débrouillarde, habituée à peu avant de côtoyer l'abondance, elle s'arrange avec ce qu'elle a et le chalet fait encore illusion.

On ne peut en dire autant de ses habitants. Au premier coup d'œil, ça va. Mais, l'eau faisant défaut de plus en plus souvent, on ne change plus de linge à toute occasion, avec lessives permanentes menées tambour battant : on fait un peu durer sa chemise, son pantalon, son tee-shirt. Il n'y a que les sous-vêtements à être épargnés par les mesures d'économie imposées par Marc.

Rose stocke l'eau dans des bouteilles, des carafes et même des vases. Quand les coupures sont trop longues, elle va jusqu'à faire fondre de la neige au-dessus d'une flambée, à l'ancienne, jusqu'à ébullition, histoire d'assainir au maximum l'eau obtenue. Drôle de vision que celle de la cheminée design entourée de faitouts et de grandes casseroles, comme en temps de guerre.

Même chose concernant les douches, les bains et les shampoings : fini les ablutions interminables, les baignoires remplies à ras bord, le lavage quotidien des tignasses à grands coups de produits de marque. Toute cette débauche de mousses parfumées est désormais limitée. Alors, forcément, ça commence à se sentir – chez Éric, pour ne pas le nommer. Et ça commence à se voir. Liz et Juliette portent souvent des queues-de-cheval en guise de cache-misère. Quant aux hommes, la crasse lustrée de leurs cheveux leur confère le brillant d'une gomina bon marché. Les barbes poussent aussi, un peu n'importe comment.

Geste symptomatique de ce genre d'états de fait, Slavko ne cesse de se gratter le crâne. Il porte un pull marin noir sur un tee-shirt noir, toujours le même, le tout sous un blouson de ski, la traversée promettant d'être encore longue. Mais peu importe. Observer Rose, par exemple, en train de découper des épluchures ou de faire la poussière suffit à sa félicité. Il est vrai que celle-ci met dans ses déplacements et dans ses gestes une grâce telle qu'on croirait à une chorégraphie contemporaine, tout en tenue et en sobriété. Nulle affectation ni démonstration dans cette attitude : chez elle, c'est naturel. Même avec une couverture sur le dos, portée comme un châle, elle fait partie de ces êtres qui ne peuvent faire un pas, prendre un verre d'eau ou regarder leur montre sans que cela soit joli à contempler.

— À quoi tu penses, mon Slav ? lui demande-t-elle justement, amusée.

— Oh rien, je… j'allais écouter un peu la radio, c'est l'heure des news…

— Bonne idée ! Tant qu'il y a des piles, qu'on en profite !

Slav augmente le son de la mini-radio, un petit bijou technologique acheté en duty free par Marc à l'occasion d'un voyage en Asie. La voix du journaliste monte dans la pièce, métallique :

« *Concernant les précipitations neigeuses en Haute-Savoie, le niveau de vigilance rouge a été renforcé. L'état de catastrophe naturelle mobilise dans la région tous les services de secours. Le bilan s'est encore alourdi avec un vingtième mort et on déplore de nombreux disparus. Voilà déjà seize jours que la vallée de la Mourière est complètement coupée du monde. Les habitants doivent faire face à des restrictions de plus en plus fréquentes d'électricité… et l'on craint à présent le gel des canalisations. Sur place, le préfet…* »

D'un geste sec, Slavko a coupé.

— Franchement, ça pue.

— Ce sont les toilettes du bas. Depuis ce matin, elles sont bouchées, ça ne fonctionne plus, il n'y a pas eu assez d'eau pour évacuer… et crois-moi, ce n'est pas la première fois. Ça devient une porcherie, ici.

Slav comprend la méprise.

— Ah ça… Oui, j'ai vu… c'est l'horreur. En fait, je parlais en général. Ça pue, ça va mal finir, quoi.

— Ça tu l'as dit, soupire Rose en faisant couler un peu de cire au fond d'un bougeoir.

— Hé ho, mollo sur l'ambiance veillée funèbre… Il y a encore un petit espoir qu'on s'en sorte, tu sais !

Rose sourit tristement.

— Ça n'arrête pas de couper. Moi j'en ai marre de me retrouver dans le noir… alors je prends les devants. Et puis je préfère économiser l'électricité pour le plus important.

— À ce propos, la viande que je t'ai donnée, tu l'as mise au four ?

— Oui, oui, c'est fait… Tu penses que je n'ai pas oublié.

— Merci.

Rose reprend, poings sur les hanches :

— De la viande… c'est dingue… En plus, ça va nous éviter une nouvelle crise de nerfs chez Madame…

— C'est surtout quand il n'y aura plus d'alcool qu'elle nous sautera à la gorge.

Rose tique un peu. Mais la curiosité l'emporte.

— Elle a toujours bu comme ça ?

— Oh non. Un petit verre de temps en temps. L'alcool mondain, comme on dit… mais jamais à ce point. Je crois que ça l'aide vraiment pour surmonter… tout ça, quoi.

Rose se retourne, une allumette se consumant entre ses doigts.

— D'ailleurs je ne t'ai pas demandé : cette viande, tu l'as trouvée où ?

— La viande ?

— Bah oui ! La viande qui est au four ! Ça fait des jours qu'on n'a rien dans le ventre, qu'on n'a le droit de manger qu'une fois par jour, et quand je dis manger, quelques graines, un peu de dentifrice au dessert, et toi tu nous sors du bœuf ?

Slavko reste de marbre.

— C'est pas du bœuf.

— Ah bon ? Pourtant ça sent le bœuf, ton truc…

— C'est une espèce de blaireau, comme il en existe dans le coin… J'ai trouvé un piège à mâchoires dans la cave du chalet… un vieux truc de braconnier… Du coup, je l'ai un peu bricolé…

Cette fois, Rose a une vraie moue d'admiration.

— Chapeau l'artiste… Et dis-moi, en parlant de piège, tu as une solution pour nous sortir d'ici ?

— Là, tu m'en demandes trop…

Quelques secondes s'écoulent, sans un bruit. Juste quelques pas là-haut, puis un bouton de chasse d'eau actionné en vain – quelqu'un a consenti à sortir de sa couette. Par réflexe, Rose s'approche des quatre bûches posées près de la cheminée, puis s'abstient : Marc a demandé qu'on ne fasse plus de feu trop tôt. Les bûches sont comptées, et il fait toujours plus froid dans le chalet.

— Terminées, les flambées, dit Slavko.

— Eh oui, répond Rose en tressaillant, frigorifiée.

— Et toi, Rose, ça va ? Tu tiens ?

— Ça va… On serait sauvés demain, ça pourrait presque devenir un souvenir… intéressant. Le truc qui arrive une fois dans une vie, et dont on sort plus fort…

— Tu claques des dents. Tu n'as pas bonne mine…

— Je suis comme tout le monde, j'ai tellement faim… Tu me fais languir avec ton ragoût, je compte les minutes !

Le visage hirsute de Slavko s'éclaire d'un grand sourire, presque enfantin.

— Si je te fais languir, alors…

Rose sourit à son tour, touchée. Elle avait remarqué ça, chez lui : cette manière désarmante de tomber le masque, de laisser ses belles dents blanches illuminer soudain la dureté d'un visage sans âge, à présent mangé par la barbe, mais par ailleurs taillé au scalpel et aux cicatrices de la vie. Slavko pourrait profiter de la faille pour pousser un peu son avantage. Il n'en fait rien. Et c'est d'une voix neutre, presque badine, qu'il reprend le fil :

— Tu es épuisée, Rose, ménage-toi quand même…

Elle accuse un peu le coup. Il poursuit, lançant un regard vers le plafond :

— D'habitude, tu sais, on ne les voit pas de la journée quand on est ici. Entre les journées sur les pistes et les soirées chez les autres snobs du coin, on est plutôt tranquilles. Juliette adore skier avec son père. Et Madame rentre avant, pour les attendre avec un bon vin chaud.

Rose ne réagit pas. Pas le genre à souffler sur les braises. Slavko en est presque déçu. Il tend une dernière perche :

— Tu la vis bien, toi, cette promiscuité ?

— Ça dépend avec qui…, lâche-t-elle à contrecœur.

Il s'approche d'elle, pose une main sur son épaule.

— Dis-moi… Tu peux tout me dire.

Elle se dégage, subtilement, sans être offensante.

— Y en a un… je ne sais pas si c'est la faim, mais s'il pouvait me dévorer toute crue…

— Je vois… Il a eu… un geste ?

Rose hésite, se ravise. Non, non, pas d'huile sur le feu.

— Pas encore, ment-elle. Pour le moment, ça s'arrête aux regards…

Slavko ronge son frein. Ce gros con d'Éric. Et en même temps, comment lui en vouloir ? Des regards, lui-même en a posé sur les hanches de Rose. Plutôt comme un rêve que l'on caresse, c'est vrai. Mais enfin… quel homme résisterait ?

— Et Juliette ? lance-t-il au hasard.

Rose prend un air désabusé.

— Juliette, ça ou autre chose, tu penses… elle ne voit rien. Et puis, que veux-tu, elle va bientôt l'épouser, alors… Il sera bien assez tôt pour qu'elle découvre qui il est vraiment.

— C'est une gentille fille, tu sais. Elle n'a pas un mauvais fond. C'est juste qu'elle est un peu coupée des réalités.

— Si son père ne la couvait pas tant, aussi ! Tu m'étonnes qu'elle soit dans sa bulle…

— Il fait ce qu'il peut, c'est tout.

Slavko s'en veut aussitôt. Il ne voulait pas être aussi sec.

— Je veux dire par là… sa famille, c'est toute sa vie… depuis toujours.

Rose se campe devant lui, bras croisés, espiègle :

— Tu l'aimes bien ton Marc Saillard, hein ? Ça fait combien de temps que tu travailles pour lui ?

— Trente ans bientôt.

— Et vous vous êtes rencontrés comment ?

— Sous les bombardements.

— Ah bon ? Comment ça ?

— Trop long à t'expliquer.

Un peu piquée au vif, Rose hausse les sourcils, fait demi-tour, puis quelques pas, laissant derrière elle un Slavko irrité et embarrassé. Elle pivote à nouveau pour lui faire face :

— Slavko, si tu veux qu'on se fasse confiance, il faudra qu'un jour tu m'en dises un peu plus…

— OK. Sortons d'abord de ce merdier. Après, on verra…

Ils restent ainsi quelques secondes, face à face. Dans le regard qu'ils échangent, il y a quelque chose de grave et d'infantile à la fois, quelque chose qui tient des serments que se jurent les gamins. Ces pactes de sang qui engagent pour la vie, dans une cabane de fortune, goûter en poche. Mais voilà que Rose revient à ses moutons. À son blaireau, du moins.

— J'y vais… S'agirait pas de faire cramer ta viande.

Alors que Rose disparaît en cuisine, Slavko s'assied, pensif, sur un coin de canapé. Vieille habitude de mercenaire, il rajuste le couteau qu'il a glissé sous sa chaussette. Une arme blanche qui, a priori, n'est pas de première nécessité, mais sans laquelle il se sent nu, comme d'autres quand ils n'ont pas leur montre au poignet. Pas de chance, c'est à ce moment précis qu'Éric passe une tête à l'aplomb de la mezzanine. Prendre Slavko en flagrant délit de port d'arme le laisse estomaqué. Et en sueur.

Sans même lever la tête, Slavko l'a flairé. L'habitude du gros gibier.

— Bonjour, Éric, lance-t-il, tête toujours baissée. Un problème ?

— Euh non, je… Vous savez où est Marc ?

— Pourquoi ? Tu le cherches ?

Éric s'étrangle.

— Ah, on peut se tutoyer, alors… Non… c'était… euh… comme ça.

Slavko n'est pas homme à se laisser attendrir par trois bafouillages gênés. Il se redresse, s'approche d'Éric, lequel, boudiné dans sa doudoune, est maintenant descendu sur la première marche de l'escalier. Vaine tentative de Monsieur Gendre de rester en surplomb : Slavko arrive à sa hauteur.

— Je peux t'aider ? lui demande-t-il très près, presque front contre front, ses yeux bleu acier plantés dans ceux d'Éric.

— Oh non… ça va, merci…, bredouille celui-ci, l'arrière des cheveux aplatis par l'oreiller. De toute façon, je remonte… mais attendez…

Il hume l'air, menton redressé, naseaux palpitants.

— La vache, j'ai une hallu ! J'ai l'impression que ça sent la viande !

S'il n'avait l'haleine rance d'Éric en pleine figure, le souffle de ceux qui ne se lavent plus les dents, Slavko en rigolerait presque. L'autre n'en loupe pas une. Avec son gros ventre moulé dans le duvet d'oie, on dirait Obélix pistant un sanglier.

— Ce n'est pas un mirage. Y a du ragoût à midi. J'ai même trouvé quelques patates qui avaient roulé sous la cuve de fuel, pas encore complètement pourries.

En face, c'est la grande scène du IV.

— Mais non ? Du ragoût ? Oh non… je crois que je vais pleurer… Comment vous avez fait pour en trouver ?

— J'ai piégé du gibier local. Du blaireau. Bien préparé, ce n'est pas mauvais.

— Ah, OK ! Cool ! Je vais prévenir la Belle au bois dormant…

Le Prince charmant remonte l'escalier aussi prestement que son quintal le lui permet. Les marches tremblent, jusqu'à ce que Marc le croise :

— Ah, bonjour Marc !
— 'jour…
— Il y a de la…
— Je sais.
Éric n'insiste pas. Son futur beau-père a la mine des mauvais jours. Refusant la doudoune, lui a endossé vite fait un pull camionneur en grosse laine bleu marine. Il vient d'en remonter le zip jusqu'à mi-menton, comme s'il refermait une combinaison étanche pour se protéger de l'extérieur. Ses cheveux devenus un peu trop longs sont plaqués en arrière, sa barbe poivre et sel lui compose une gueule de vieux sage.
— Bien dormi, Slav ? lance-t-il en se tapant les bras pour faire circuler le sang.
— Oui, merci. Tu as pu capter ? lui retourne ce dernier, sans s'arrêter aux questions facultatives.
La tête de Marc le renseigne avant même qu'il ait ouvert la bouche.
— Hein ? Ah, capter ? Oui, j'ai enfin réussi…
— Et alors ?
— C'est la merde intégrale, Slav. Faut qu'on leur dise, là…
Les deux hommes restent pensifs.
Une voix douce les ramène sur terre :
— Bonjour…
C'est Rose qui revient de la cuisine et finit de dresser le couvert, non sans une certaine cérémonie. Marc descend un peu la fermeture éclair qui moule son menton.
— Ah bonjour, Rose. Pour tout vous dire, le jour serait bon si vous m'annonciez que vous avez retrouvé un paquet de café au fond d'un placard…
— Hélas non, Monsieur. Je suis désolée…

— Ne le soyez pas. Vous n'y pouvez rien. Ça va, vous ? Vous tenez le coup ?

— Ça va, Monsieur, souffle-t-elle, et sa voix cache mal sa surprise.

— Vous… vous allez vous en sortir ?

— Ça va aller. Il y a deux ou trois patates sauvables… et des épluchures pas trop terreuses… Ma mère m'a appris, elle faisait beaucoup avec rien…

— Vous étiez nombreux ?

— Sept frères et sœurs avec moi.

— En effet…

Marc enregistre mais n'écoute plus vraiment. À propos de nombre, il est en train de compter les couverts disposés sur la table.

— Rose, il manque une assiette, là. Deux, même.

— Comment ?

— Aujourd'hui, vous déjeunez avec nous. Et Slav aussi.

— Mais…

— J'y tiens. J'ai des informations à communiquer.

— Merci, Monsieur. Je… je reviens.

Rose repart en cuisine, un peu interloquée. Le temps de laisser Marc et Slavko échanger quelques mots en aparté.

— Slav… On va s'en sortir, tu crois ?

— On a connu pire… Tu te souviens quand… ?

Slav s'arrête net, bouche bée, regard écarquillé fixé sur le palier de la mezzanine. Il faut dire que Liz vient d'apparaître toute de fourrure vêtue. La voilà qui agrippe la balustrade, tribun improbable prêt à haranguer la foule.

— Mon renard ! J'avais envie de mon renard, clame-t-elle à qui veut bien l'entendre.

De là où elle est, et dans cette semi-pénombre, elle ne voit pas le regard effaré que se jettent Marc et Slav. Mieux, elle continue sur sa lancée, s'improvise Sarah Bernhardt.

— Mais que ça sent bon ! De la viande ! J'ai cru que c'était dans mon rêve, mais non ! C'est la réalité…

Liz a le débit de ceux qui boivent. Marc se dit qu'elle cache une bouteille dans sa chambre. Plus rien ne l'arrête.

— Slavko, vous êtes un magicien ! Non, parce que les rationnements c'est bien joli, ça rappelle le camping, mais…

— On n'est jamais allés au camping, gronde Marc, imperturbable.

— Comment ?

Le ton monte.

— Le camping ! On n'y est jamais allés ! Tu es sourde ?

— Eh bien moi, si ! poursuit Liz, intarissable. Aux jeannettes, figure-toi. Slavko, vous aussi vous aviez des jeannettes, en Yougoslavie ?

La réponse fuse, sèche :

— Ça ne me dit rien.

À ironie, ironie et demie : c'est au tour de Marc de décocher sa flèche.

— Ton manteau, c'est pour quoi ? Tu sors ?

Manqué. Dans sa volonté d'en faire trop, Liz ne décèle même plus le deuxième degré.

— Tais-toi, si seulement ! Non, c'est juste que j'ai froid ! J'ai le droit d'avoir froid ? C'est la Sibérie, ici…

Puis, avisant la table et comptant ostensiblement les six assiettes qui s'y trouvent :

— On attend du monde ?

Liz pense *vraiment* qu'il peut y avoir des invités.

— Mais non, lui répond Marc, cette fois avec tristesse. J'ai simplement proposé à Rose et Slav de déjeuner avec nous.

Derrière le mouvement de surprise, Liz a du mal à cacher sa réprobation.

— Ah ? Mais quelle charmante idée ! Eh bien à table, alors… Un peu plus et j'allais mourir de faim !

Liz ne croit pas si bien dire. Quittant sa chaire improvisée, elle se décide enfin à descendre l'escalier. Alors qu'elle parvient à proximité, Marc tend le cou, la hume, grimace.

— Tu as mis beaucoup de parfum, non ?

— Merci, mon chéri, c'est délicat. Écoute, tu nous limites les douches, alors il faut bien… bref. D'ailleurs, on en sait plus sur les intempéries ?

Marc montre la baie vitrée qui, en temps normal, éclaire la mezzanine de lumière naturelle.

— On ne capte plus la télé, les piles de la radio sont quasi mortes, mais comme tu vois… De toute façon, on va en parler.

Liz est blanche comme la neige, précisément. Les yeux dans le vague, toute menue et comme perdue dans sa fourrure, elle murmure :

— C'est fou quand même… Comment on en est arrivés là ? J'ai l'impression que tout s'est détraqué d'un coup…

Derrière elle Marc s'approche et, protecteur, pose ses deux grosses pattes sur les épaules de sa femme. Ils restent ainsi un moment, totalement silencieux.

Juliette, qui descend à son tour les marches en bois, les surprend dans cette posture extatique.

— Oh, mais c'est trop mignon…

D'un seul mouvement, ses parents se retournent en souriant. Mais en voyant sa fille enturbannée d'une serviette-éponge, Marc se raidit d'un coup.

— Tu t'es lavé les cheveux ?

— Oui… Désolée mais j'en pouvais plus, ça me grattait de partout…

— Tu te fous de qui, Juliette ? On avait dit une douche par semaine ! Et surtout pas de shampoing !

Comme à son habitude, Juliette tente une méthode qui a fait ses preuves : amadouer son père.

— Allez, mon petit Papa… Tu es quand même content que ta princesse soit présentable…

Elle cherche à l'enlacer. En réponse, il lui saisit les bras et se met à hurler :

— On avait dit : pas de shampoing ! Bordel, ça ne vous suffit pas, ce qui se passe ? Il vous faut encore votre petit confort ?

Liz intervient :

— Mais enfin, Marc, qu'est-ce qui te prend ?

Trop tard. Dents serrées, le teint brique, Marc écume de rage.

— Il me prend que j'en ai marre d'avoir une gamine égoïste qui gâche de l'eau alors qu'il n'y en a plus. Et marre d'être le seul dans cette maison à se rendre compte que la situation est catastrophique. Merde !

— Mais enfin, c'est qu'un shampoing, réplique Juliette, au bord des larmes. Tu ne m'as jamais parlé comme ça !

— Justement, si je t'avais parlé comme ça un peu plus souvent, on n'en serait pas là.

— Mais c'est dingue ! Tu t'entends ? Comment tu…

Sa mère la coupe dans son élan :

— Ma chérie, s'il te plaît…

Juliette s'assied à sa place, menton tremblant, réprimant ses sanglots. Liz invite Marc à faire de même.

— Je te sers un verre ?

— Je veux bien. J'en ai besoin. Heureusement qu'il y a la cave pour oublier le reste.

Toujours pas calmé, il s'assied de mauvaise grâce. Père et fille se retrouvent face à face dans un silence lourd.

Slav fait diversion en annonçant que la viande va bientôt être à point.

— Ah, voilà qui va mettre tout le monde d'accord, s'écrie Liz.

Puis elle se met à appeler en direction de l'étage :

— Éric !

L'interpellé arrive enfin, avec ce débraillé étudié qui n'appartient qu'à lui. Aller chercher – soi-disant – la Belle au bois dormant lui a pris un temps fou. Il feint d'être étonné de voir Juliette déjà descendue.

— Excusez-moi… Ah, tu es là, ma Ju ? Je te cherchais.

Il se laisse tomber sur une chaise à côté de Juliette. Aussitôt, il remarque ses yeux embués.

— Ça va ? lui demande-t-il à voix basse.

Son chuchotement à elle se teinte d'une nuance d'exaspération.

— Pas trop, non, comme tu vois… Putain, Éric, qu'est-ce que tu foutais ?

— Je cherchais un truc…

Pas de chance, Liz a entendu. Elle est trop contente de profiter de l'aubaine pour tenter une fois de plus de détendre l'atmosphère.

— Ah bon ? Et vous l'avez trouvé ?

— Oh oui, lui répond Éric en braquant vers Marc un regard lourd de sous-entendus.

— Peut-être, n'empêche qu'on est tous à table et qu'on t'attendait ! s'entend dire Juliette avec zèle, en gage de réconciliation avec son père.

Éric ne s'en étonne pas : il connaît la loyauté de son élue à l'égard de Marc. C'est plutôt la présence de Rose et de Slav qui semble le déconcerter. Ils viennent en effet de s'asseoir eux aussi, du moins entre deux services.

Toujours à l'affût, Liz surprend son regard circulaire.

— Eh oui ! Aujourd'hui, on déjeune tous ensemble !

La tête d'Éric ne trompe personne.

— Qu'est-ce qu'il y a ? Ça te gêne ? lui chuchote Juliette.

Éric désigne Slavko du menton. Puis, à mi-voix lui aussi :

— Il a un couteau… Ça, ça me gêne !

— Oui, pour découper la viande !

— Mais non, là ! répond Éric en tapotant sa cheville, toujours à voix basse mais de moins en moins discret.

— Pfff…

Rose revient avec le plat. La viande a été découpée délicatement, en fines lamelles, comiquement disposées façon grand restaurant parmi les vieilles patates de Slav. Elle commence à servir, comme s'il s'agissait d'un repas tout à fait normal.

— Laissez, Rose, l'interrompt Marc. On va se débrouiller.

— Absolument, renchérit Liz. Aujourd'hui, tout le monde se sert ! Quatre tranches chacun, pas plus !

— Seulement quatre tranches ? s'indigne Éric, qui s'est rué sur les siennes en les prenant avec les doigts.

Liz, toujours soucieuse de sauver les apparences, préfère ne pas relever. Se débarrassant de sa fourrure qu'elle jette sur le canapé, elle décide de porter un toast.

— À Slavko, qui nous a trouvé de la viande… et à Rose, qui nous a préparé ce repas avec les moyens du bord.

Tout le monde se met à mastiquer religieusement. Sauf Éric, qui se goinfre bruyamment, de la bave aux commissures. Mais Liz pose soudain sa fourchette, frappée par une révélation.

— Attendez ! On n'a pas fait le bénédicité !

Cinq paires d'yeux stupéfaits la dévisagent. Juliette s'en fait la porte-parole :

— Mais Maman ! On ne le fait jamais !

— Justement ! C'est l'occasion… On a comme qui dirait besoin d'un petit coup de main, en ce moment.

— D'accord mais vite, on a faim ! gueule Éric, la bouche pleine, postillonnant à l'envi, fourchette et couteau pointés en l'air.

— On t'écoute, dit Marc, dubitatif.

Liz se lève, se lance.

— Alors… cher Seigneur… merci pour… zut, c'est comment, déjà ?

Rose se dresse à son tour pour lui venir en aide.

— Seigneur, bénissez ce repas, ceux qui l'ont préparé, et procurez du pain à ceux qui n'en ont pas… Que le Seigneur soit béni, que la main de Jésus-Christ nous bénisse, nous et la nourriture qu'il nous donne. Amen.

Rose se rassied, plus statufiée que jamais. On s'étonne en secret d'une telle science théologique de la part d'une domestique – *C'est à en perdre son latin*, songe même Liz –, mais nul n'en dit mot. L'atmosphère est au recueillement. Les estomacs sont si vides qu'il est difficile de ne pas les remplir comme le fait Éric. Goulûment. Entre deux commentaires, la place est aujourd'hui aux nourritures terrestres.

— Mmm… Ça fait du bien…

— C'est comme si je mangeais de la viande pour la première fois.

— C'est très bon, Rose, merci.

Si Éric, comme toujours, fait preuve de goinfrerie, Slav, lui, mange avec mesure. Quant à Marc, il n'a pas touché à son assiette.

Liz s'en étonne :

— Tu ne manges pas ?

— Non, merci.

— Écoute, ne te sacrifie pas pour nous, il y en a assez.

— Ce n'est pas ça… Je suis juste un peu noué.

Éric pointe sa fourchette vers l'assiette de Marc.

— Je peux ?

— Allez-y, finissez. Si toutefois personne d'autre n'en veut aussi.

À contrecœur, Éric interroge l'assemblée du regard. D'un signe, chacun lui répond par la négative.

— Vous êtes dingues ! Pour une fois qu'on a de quoi manger ! Et de la viande, en plus ! Juliette, prends-en un peu, toi !

La jeune femme se laisse convaincre.

— Je veux bien, j'avoue.

Elle, d'habitude plutôt dans la retenue, a la lippe luisante et l'œil avide. Elle se jette comme une lionne sur le morceau que lui tend Éric, sous l'œil de plus en plus excédé de Marc.

— C'est bon ? C'est fini ?

Liz ouvre immédiatement un parapluie avant que l'orage n'éclate. *Une tempête à la fois*, se dit-elle.

— Oui, mon chéri, pardon... Tu voulais nous parler ?

Marc se raidit. Il est assis comme à l'accoutumée en bout de table, la place qui lui est dévolue aussi bien en famille que dans les conseils d'administration. C'est d'ailleurs avec le ton solennel propre à une assemblée d'actionnaires qu'il entame son propos.

— En effet, oui, je souhaitais vous parler. Je vous dois la vérité : la situation est tout simplement... dramatique.

— Oui, ça on avait remarqué, se risque Éric.

— Chut, laisse parler Papa ! s'offusque Juliette, toujours empressée dès lors qu'il s'agit de s'attirer les bonnes grâces paternelles.

Mais le patriarche ne se donne même plus la peine de relever. Il se contente de poursuivre à l'intention de ceux qui l'écoutent.

— Je veux dire par là que ça va bien au-delà de ce que vous imaginez, reprend-il d'une voix sourde. J'ai tenté de vous préserver, je pensais... enfin, j'espérais que ça allait s'arranger. Mais tout porte à croire que la situation va s'aggraver. Jusqu'à il y a quelques jours, j'avais encore accès à des informations par Fournier. (Prenant à témoin sa femme :) Tu sais, mon copain du ministère... Mais là, le réseau est HS. Je n'ai plus aucun contact avec Paris. Ça veut dire qu'on est complètement isolés, puisque vous avez pu remarquer qu'on ne capte plus la radio ni la télé depuis quelque temps.

Un silence de mort. L'expression n'a jamais été aussi appropriée.

— Et donc ? couine une voix minuscule, celle de Liz.

— Et donc on n'a pas le choix : il faut tenir. Ça ne va pas être simple. Au niveau des vivres, je ne vous apprendrai rien en vous disant qu'il n'y a plus un grain de riz dans cette maison. Nous avons aussi terminé les derniers grammes du dentifrice de Juliette. Slav a fait l'impossible pour capturer un blaireau avec son piège à fouines, mais ne vous faites pas d'illusions : le gibier, il n'y en a plus guère, alors c'est sûrement la dernière fois. Ou bien ce sera une musaraigne ou une belette égarée, pas de quoi faire un festin. On va donc essayer de vivre un peu sur les restes de la viande d'aujourd'hui, en se rationnant. Deux ou trois lichettes par jour pour chacun, pas plus. Pour le reste… épluchures, et basta.

Marc s'interrompt, rassemblant ses idées pour établir un inventaire qu'il sait peu rassurant. On le sent désormais pressé de se délester d'un poids qu'il portait seul – ou du moins seul avec Slavko.

— Côté chauffage, il n'y a plus de bois, celui qu'on a est très humide, on essaie de faire sécher quelques bûches en bas. Une fois sèches, c'est quatre bûches par jour, pas plus. Le fuel de la cuve, c'est la même chose, on sera bientôt à sec, malgré nos restrictions. On a bien un radiateur électrique, mais comme vous avez pu le constater, les coupures se multiplient et ça ne va pas s'arranger. À mon avis, on sera bientôt dans le noir. Heureusement, on a un bon stock de bougies, ça fait partie de la vie en montagne. Mais pour le froid, continuez de vous couvrir avec ce que vous avez, de nuit comme de jour. Voilà. Je vous ai tout dit. Des questions ?

Personne n'ose broncher. C'est Liz qui s'y colle à nouveau.

— Mais… ça va durer longtemps ?

— Aucune idée. C'est pour ça que nous devons désormais tout économiser. Tout faire durer. Nous avons déjà trop gaspillé, c'est de l'inconscience pure.

— Et l'eau ?

— Tant que les canalisations ne gèlent pas, on aura de l'eau. On a mis de l'antigel, ça tiendra ce que ça tiendra. Mais j'ai de bonnes raisons de m'inquiéter. Les coupures se multiplient, la pression est mauvaise.

— Et quand il n'y en aura plus ? se risque Juliette, les cheveux encore humides.

— On fera comme on a déjà fait : on fera fondre la neige dans des casseroles. Au moins pour se laver et pour… l'hygiène la plus élémentaire. Vous avez pu voir qu'il n'y a plus de papier toilette. Et que par moments la chasse ne fonctionne plus…

— Mais la neige fondue, vous êtes sûrs qu'on peut la boire ? s'inquiète Liz, désireuse de changer de sujet.

— Oui, mais à toutes petites doses, répond Slav. Et bien bouillie. Mieux vaut éviter de mordre dedans comme dans un sorbet. Sous peine d'avoir des chiasses épouvantables et de cracher ses tripes.

Liz toussote. Décidément, pour l'élégance, il faudra repasser.

— Eh bien, grommelle-t-elle, heureusement qu'il y a ce qu'il faut dans la cave à vin pour oublier tout ça…

Slav poursuit, imperturbable :

— Autrement, je connais un système pour filtrer la neige fondue. Enfin, la filtrer partiellement. Ce n'est pas l'idéal, mais ça peut nous aider.

— Vous avez été scout ? demande Éric.

— Non, j'ai fait la guerre.

— Ah oui, forcément, ça aide.

— Pardon ?

— Non, rien.

Éric se tait. Juliette a du mal à dissimuler sa panique.

— Mais Papa… On ne peut pas nous acheminer des vivres ? Les parachuter ? Je ne sais pas, moi, quelque chose ? Et si on essayait de creuser dans la neige ?

— Ma chérie, on a essayé depuis longtemps, tu penses bien… dès les premiers jours. On ne tiendrait pas cinq minutes, crois-moi… et Slav sait de quoi je parle. C'est l'enfer, aucun secouriste ne peut monter jusqu'à nous et ils ont d'autres priorités. On ne peut compter que sur nous-mêmes.

— Et les hélicos ? tente Éric fièrement, comme si personne n'y avait pensé. On ne peut pas nous envoyer des hélicos ?

— Mais c'est pareil ! s'agace Marc. Ils ne peuvent pas voler dans ces conditions ! Ce serait du suicide ! Et quand bien même… on est très en hauteur, sur un surplomb, il doit y avoir dix mètres de neige accumulée aux alentours. Si on nous larguait des vivres, ils seraient aussitôt engloutis…

— Dix mètres de poudreuse, c'est un rêve pour le surf !

— Là, c'est toi qui t'enfonces, mon chéri…

Juliette ne le lui a pas envoyé dire. Marc lui lance un regard, pas peu fier de sa fille.

— Pardon, insiste Éric, mais qu'est-ce que vous êtes en train de nous dire, là ? Que c'est la fin du monde ?

— La fin du monde, je ne sais pas. La fin d'un monde, certainement.

La phrase de Marc laisse un blanc. Un blanc épais et glaçant. C'est le moment que choisit Rose pour faire entendre sa voix rare, mais maintenant déterminée.

— Moi, je crois que… enfin, si je peux me permettre…

— Oui, Rose…

— Si Dieu enferme les hommes comme dans une prison, c'est pour les punir des crimes qu'ils ont commis. Ça fait longtemps qu'Il nous envoie des signes. Des tempêtes, des tsunamis, des maladies, des incendies. Là, c'est la neige. Un jour, ce sera autre chose. Et ce sera trop tard.

Marc, agnostique notoire, se racle doucement la gorge.

— C'est une façon de voir les choses. Cela dit, vous avez sans doute un peu raison…

— « Ça fait longtemps qu'Il nous envoie des signes… », ricane Éric, pour qui la parole d'une domestique, illuminée de surcroît, n'a de toute façon aucun crédit.

Pas très loin des positions de son fiancé, Juliette passe outre à ces bondieuseries pour s'offusquer à bon compte :

— Enfin, Papa, c'est dingue quand même ! Et tes copains du gouvernement, ils ne pouvaient pas nous prévenir ?

C'est un pas de trop sur la pente glissante. L'impassibilité apparente de Marc se fissure d'un seul coup. Par plaques, c'est maintenant tout son visage qui décroche. Littéralement décomposé, il n'est plus qu'un grondement, celui d'une avalanche trop longtemps contenue. Les mots dévalent d'un coup.

— Mais bordel, ça fait quarante ans qu'on nous prévient ! Quarante ans ! Quarante ans que des types nous disent qu'un jour ça va vraiment chauffer, que la mer va monter, que ça va mal finir et qu'on les prend pour des tarés ! Quarante ans qu'on nous dit de faire attention… Mais non, c'est plus fort que nous, il a fallu qu'on continue à se servir comme si de rien n'était ! On s'est goinfrés, tous ! Enfin quand je dis tous, je parle de ceux qui sont du bon côté de la planète… et attention, moi le premier ! Seulement maintenant, voilà où on en est ! C'est un peu tard pour aller pleurnicher auprès de mes copains du gouvernement, comme tu dis !

S'il y a un calme avant la tempête, il y en a aussi un après. Seul le blizzard qui souffle et siffle dehors vient en troubler l'intensité. C'est un calme fragile, menaçant, prêt à se fractionner et à tout emporter avec lui. Un rien suffit pour cela. Un mot de trop. Un mot d'Éric.

Celui-ci se lève, avec dans les yeux l'expression satisfaite de celui qui a déjà tout prévu. Son ton est doux, voire doucereux :

— Mal finir, pas forcément… Vous savez, Marc, j'y ai pensé, à tout ça… et je crois que c'est souvent dans les crises que naissent les meilleures idées. Alors, quitte à ce que la mer monte, je me dis qu'il y a sûrement un truc à faire avec les villages flottants… vous ne croyez pas ? J'ai vu un reportage : en Hollande ils ont commencé et ça fait un carton ! Suffit d'importer en France leur *business model*…

Cette fois, c'est le silence des cimes. On entendrait voler un aigle. Marc est trop sidéré, presque pétrifié, pour pouvoir réagir. Face à tant de cynisme, il se contente de prendre les autres à témoin :

— Alors là c'est le pompon… J'évoque l'apocalypse et lui il me parle villages flottants et *business model*… C'est tellement révélateur.

— Mais quoi ? se récrie Éric. J'essaie de positiver, c'est tout ! L'homme s'est toujours adapté, non ? Il a toujours rebâti, c'est ce qui fait les visionnaires ! Et puis permettez-moi, mais vous exagérez, Marc… Notre ancien monde, comme vous dites, il est peut-être un peu dingue… mais entre nous il n'est quand même pas si mal foutu.

À personne il n'a échappé qu'en prononçant ces quatre derniers mots Éric avait les yeux fixés sur le roulement de croupe de Rose, partie à la cuisine. À personne, et surtout pas à Juliette, qui décide que le mieux, à tout prendre, est de s'accrocher au fil de la conversation :

— Excuse-moi, Papa, mais parle pour toi. Ceux qui se sont gavés, c'est ta génération. Vous n'êtes peut-être pas responsables de tout ce bordel, pour reprendre tes mots, mais vous étiez quand même les premiers à être informés… les premiers qui ne pouvaient pas dire « On ne savait pas ». Nous, on est nés dedans ! Je suis désolée mais moi j'ai toujours fait gaffe… Je coupe l'eau quand je me savonne… Je bouffe bio, j'achète du café équitable et je porte des fringues éthiques…

— Tu as raison, ma chérie. C'est avec tes baskets en pneus recyclés qu'on va arrêter la fonte des glaces. Et cette tempête.

— Et attendez ! renchérit Éric, indifférent au retour de flamme subi par sa fiancée. Chez nous, on a les chiottes à deux vitesses : petite commission, grosse commission.

Alors là, c'est la goutte qui fait déborder le vase. Ou la cuvette. Marc se lève d'un coup.

— À deux vitesses ? explose-t-il en se mettant à marcher de long en large. Et tu crois sérieusement que c'est ça qui va nous empêcher d'être dans la merde jusqu'au cou ? Le climat se réchauffe, les forêts brûlent, la banquise fond et l'eau monte, que tu le veuilles ou non ! Faut vraiment être complètement débile pour prétendre le contraire ! Des millions de gens vont se retrouver dans la flotte, mais le plus drôle, c'est que la flotte va aussi commencer à manquer un peu partout. Un peu comme dans ce chalet. Trop de neige dehors, plus de flotte dedans, elle est pas belle la vie ? Et plus de quoi bouffer pour tout le monde ! Et toi tu me parles petites commissions et villages flottants, parce qu'en te faisant encore un bon coup de fric tu vas peut-être pouvoir t'acheter une plus grosse bagnole ? Putain, Éric, tu en es encore là ? À croire à ce système de merde qui nous a tous conduits au désastre ? À croire encore à cette fuite en avant suicidaire qui a tout dévoré, tout épuisé, tout écrasé sur son passage ? Franchement, si ce n'était pas à pleurer, ce serait risible. Mais vas-y, vas-y, fais-les tes baraques flottantes ! Tu peux même y embarquer les derniers animaux sauvages et appeler ça l'arche de Noé, si ça t'amuse. Mais ce sera sans moi ! Merde !

Les uns et les autres en restent sans voix, presque sans oxygène, cul par-dessus tête dans la neige en attendant un peu d'air. Pour l'honneur, Éric respire un grand coup, signe qu'il s'apprête à répondre. Charitable, Juliette lui vient en secours, posant une main sur son genou pour l'en dissuader. À eux tous qui sont allés trouver refuge au fond du canapé dans une sorte de réflexe commun, Marc apparaît plus que jamais comme une montagne. Et cette montagne leur fait dos, obstinément tournée vers le morne spectacle de la tourmente extérieure. Lorsqu'il leur fait face à nouveau, c'est à Liz qu'il s'adresse et ce n'est pas un hasard.

— Liz ?

Dans sa voix, il y a maintenant plus d'inquiétude que de colère. Pas de réponse. Il recommence.

— Liz ?

— Hein ?

— Ça va, ma chérie ?

Liz reste prostrée, sans se rendre compte que toute l'assemblée est suspendue à ses lèvres, qu'elle garde entrouvertes. Et muettes.

— Comment veux-tu que ça aille, Marc, répond-elle d'une voix presque inaudible. Tu t'es entendu ? Si je te comprends bien, avec tout ce qui se passe depuis tant d'années, avec tout ce qu'on entend partout, il n'est *décemment* plus possible d'être heureux aujourd'hui. Insouciant, léger. J'ai essayé, tu sais, j'ai essayé. Même ici, même ces derniers jours. Je sais que ça ricane un peu dans mon dos, je ne suis pas folle. C'est juste que j'ai tenté de continuer un peu… à faire comme avant. Mais là, je veux partir. Je veux m'en aller.

Marc est trop dépité pour dire un mot. Juliette, spontanément, prend le relais.

— Maman, atterris… Il n'est plus question de partir… Tu vois bien… Ça fait des semaines…

— Hein ?…

— On partira une autre fois. Ça va s'arranger, c'est sûr…

— C'est toi qui dis ça, ma petite fille… et pourtant tu as bien mauvaise mine, tu sais. Tu es toute maigre… et toute pâle…

— J'ai faim, Maman, c'est tout… Comme tout le monde. Et je ne dors pas beaucoup… mais que veux-tu qu'on y fasse ?

Liz n'entend plus. Elle frissonne de la tête aux pieds.

— C'est moi ou il fait quand même très, très froid ?

Juliette la regarde avec une infinie tristesse. Elle commence à comprendre.

— Pas plus que d'habitude, Maman.

— Si, quand même… Je vais remettre mon renard. Mon renardeau tout chaud. Et puis je vais y aller. J'ai ma petite idée.

Elle se dirige tranquillement vers la porte d'entrée. Marc la rattrape, s'interpose.

— Arrête, Liz… arrête.

— Je vais voir le maire. Je le connais bien. Il ne peut rien nous refuser… après tout ce que tu as fait pour lui…

Marc empoigne sa femme par les épaules, la fait pivoter vers lui. On dirait une passe de danse, mais il n'en est rien. « Je ne suis pas folle. » Tu parles.

— Liz, la porte est bloquée. On ne sort plus. Depuis longtemps. Tu le sais, ma chérie.

Marc se surprend à lui parler comme à une grande malade. Ce qu'elle est, à en juger par ce qui suit :

— Arrête, Marc. Ça va… Ce n'est que de la neige, après tout…

— Mais non ! hurle-t-il. Ce n'est plus de la neige : c'est du béton armé ! du béton glacé ! Je te l'ai déjà dit cent fois ! Il n'y a plus rien dehors. Plus de mairie, plus de maire, rien !

Liz veut forcer le passage. Marc la retient. Elle se débat violemment.

— Laisse-moi… mais laisse-moi passer ! Tu ne vas pas toujours tout décider pour moi !

Elle n'a pas le temps de finir sa phrase que Marc, comme fou, la projette au sol. Tout le monde reste interdit devant cette scène surréaliste. Seul Slav est sur le qui-vive. Il ne connaît que trop bien la fameuse triade névrotique liée à la faim : hypocondrie, dépression, hystérie. Liz gît maintenant à terre, poupée de chiffon agitée de hoquets silencieux.

— Liz, s'il te plaît… Allez, viens… Pardonne-moi, lui dit Marc, tendrement penché sur elle.

Il tente de la relever. Dans cette attitude, on ne sait ce qui tient de la compassion et ce qui tient de l'envie que cesse au plus vite cette mascarade qui lui fait honte. Se donner en spectacle, même pour la plus légitime des raisons, est tout bonnement impardonnable aux yeux de cet homme. *Never explain, never complain*, la devise de la reine Victoria est d'habitude la seule qui vaille à ses yeux. Mais là c'est trop. Sa femme présente tous les signes de la folie. Et lui-même n'est plus très loin de devenir dingue.

Ce sont Slav et Éric qui se chargent de Liz, au sens propre, pour aller la coucher sur le canapé. Pantelante, le visage sillonné de larmes, elle fait pitié. À présent, il semble qu'il n'y ait plus grand-chose à faire pour elle, sinon la laisser se reposer.

Un peu plus tard, Marc fait de même. Épuisé, il remonte dans son repaire à l'étage et se laisse littéralement tomber sur le canapé. Un mauvais sommeil le gagne assez vite, agité de cauchemars plus vrais que nature.

L'un d'eux le plonge en plein milieu d'une toile de Rothko – une toile noir et argent qu'un vandale aurait badigeonnée de folles éclaboussures : en haut, une bande de ciel d'encre, en bas, une bande de mer d'encre, et au milieu, un océan argenté complètement déchaîné. Sur les flots en furie, dans le fracas du vent et une lueur de fin du monde, le spectacle est dantesque : des dizaines de bateaux de croisière, grands étrons flottants, barres d'immeubles sur coques, sont au bord du naufrage, ballottés comme des brindilles. Dans les rugissements du vent et les grincements des étraves malmenées, dans les geysers produits par les proues qui plongent, dans le balancement terrifiant de leurs ponts supérieurs, les géants modernes menacent de se fracasser, brisés en deux. Marc se retrouve sur l'un d'eux. Tout le monde hurle. Au gré de la gîte et du mouvement de pendule du navire, les gens et les meubles roulent d'un bord à l'autre – même le piano de la salle de concert, on jurerait y voir jouer le *Novecento* de Baricco. Et ça hurle et ça crie et ça pleure ! Et ça cogne et ça saigne et ça barrit et ça rugit ! Tout le monde dans le même bateau, devenu rien de moins, dans la magie du rêve, que l'embarcation biblique évoquée peu auparavant par un Marc fulminant ; une arche de Noé regroupant les tout derniers animaux sauvages, lions, éléphants, hippopotames, panthères noires à se damner, tigres blancs à mourir. À mourir ? Ça tombe bien, une brèche s'ouvre dans la coque, laissant d'un seul mouvement l'océan s'y engouffrer et le paquebot sombrer. Dans ce cauchemar plus vrai que nature, Marc s'entend hurler : « Putain, tout ça pour ça, des millions d'années pour que le monde finisse comme ça, en *Costa Concordia*, parce que ses capitaines ont trop fait les malins avec les éléments ! »

Mais l'eau noie sa fureur et il sort du sommeil en se tenant la gorge avec sur les lèvres un goût d'eau salée. Ce ne sont que des larmes. Enfant, c'était la même chose : dévoré par les crabes, il criait chaque nuit, puis il se réveillait, heureux de retrouver le décor de sa chambre, sa maison rassurante, et la vie qu'alors il avait devant lui.

IV

Dans le chalet Saillard, il n'y a plus de nourriture. La faim et l'inanition sont de chaque instant, tenaillant les ventres, provoquant diarrhées, douleurs et faiblesses musculaires, apathie, sans oublier ces éruptions cutanées qui ravagent le visage de Juliette. Comme c'était à prévoir, les lichettes de viande de blaireau, distribuées à raison de trois par jour, n'ont pas fait long feu. D'ailleurs, il n'y a plus de feu non plus, ou si peu – parfois un maigre foyer constitué de vieux magazines, de vêtements d'été, de manches d'outils de jardinage sciés par Slav. Il n'y a plus de chauffage, la cuve de fuel étant à sec. Plus que jamais, la famine autant que les températures négatives ont raison des nuits de sommeil. Le jour, les uns et les autres, mi-cosmonautes, mi-chiffonniers, se protègent du froid comme ils le peuvent, couverts d'un étrange mélange de doudounes, de pulls, de collants de ski, de plaids et d'écharpes, tous coiffés en permanence d'un bonnet ou enturbannés de lainages, touaregs de la montagne.

Il va sans dire qu'il n'y a plus d'eau nulle part. Plus rien ne coule dans les tuyaux, plus rien ne glougloute, aucun robinet ne goutte, aucune chasse ne fonctionne : toutes les canalisations ont gelé. Du coup, plus personne ne se lave, ou alors rarement. Les grandes casseroles s'accumulent autour de la cheminée en un ballet continu. Mais le plus difficile, c'est de se déshabiller.

Même se mettre cul nu est un cauchemar. Les cuvettes des toilettes sont remplies d'excréments. Jouxtant la buanderie, le bûcher vidé sert d'urinoir collectif. À l'emplacement des anciens tas de bois, la sciure a fait un temps office de toilettes sèches, mais à présent l'endroit n'est plus qu'un gigantesque champ de merde. On s'essuie comme on se lave, vite et mal, avec un morceau de glace prélevé où c'est possible. Certains se sont aventurés jusqu'au garage. La rutilante Mercedes de Marc a désormais les pneus dans les crottes. D'autres se sont essayés à satisfaire dehors leurs besoins naturels – du moins le peu que la famine leur laissait à évacuer. Sans succès : la neige est dure comme du bois et même Slav, à coups de pelle, n'a pu creuser assez pour aménager des lieux d'aisances à plus d'un mètre de la porte. Le chalet Saillard pue de la cave au grenier. On a beau fermer toutes les portes, l'odeur monte dans les étages et elle envahit tout : les tissus du mobilier mais aussi les vêtements qui sentent déjà le moisi et la crasse, et puis les peaux sous les vêtements, et puis les haleines, les sécrétions humaines et même les cerveaux. Bref, dans ce tombeau pyramidal, on ne trouve plus guère que des exhalaisons pestilentielles, du froid, du noir, des réserves de bougies allant s'amenuisant et des alignements de grands crus millésimés. Que l'on puisse, au moins, se torcher proprement la gueule.

C'est le cœur de la nuit. Les toux, les reniflements, les rêves agités troublent ici et là le silence sépulcral. Dans les chambres, les gisants frigorifiés sont autant de momies emmaillotées dans des sarcophages humides constitués de combinaisons de ski, de couettes, de couvertures, voire de tapis. Dans les parties communes, les deux bougies que Rose a pris soin de laisser allumées ajoutent à l'atmosphère de veillée funèbre. Mais au moins ces veilleuses permettent-elles aux insomniaques de se repérer dans les ténèbres. Sans compter qu'il n'est pas question d'éteindre la flamme : la dernière boîte d'allumettes ayant été vidée, il ne reste que les bougies allumées pour allumer d'autres bougies et entretenir le foyer, et cela jusqu'à épuisement des stocks et des personnes.

Mais tous les prisonniers de ces lieux ne sont pas encore épuisés, loin s'en faut. Pour qui a l'oreille fine, une lame de plancher vient de craquer sur le palier du haut. Dans un imperceptible froissement de doudoune, une silhouette cherche ses appuis dans la pénombre vacillante et entame prudemment la descente de l'escalier. L'une après l'autre, les marches grincent sous le poids d'un corps que l'on devine lourd.

Un *clic* retentit comme un coup de tonnerre. Une lampe torche s'allume. Pris dans le faisceau tel un artiste de scène dans le rond d'une poursuite, Éric se fige sur place. Éric et sa barbe négligée, Éric en bonnet et tenue de ski, portant sac à dos et chaussures de montagne à la main. Tétanisé, comme si quelqu'un l'avait stoppé net en appuyant sur « pause ». De fait, c'est tout comme : la main encore sur ce qui ressemble à une télécommande, Slav le fixe du regard, incrédule. Lui non plus ne s'est pas rasé depuis des jours et des jours, et sa pilosité drue lui donne un air plus dur que jamais. Certes, il s'attendait à ce que cette scène survienne une nuit ou l'autre. Mais prendre Monsieur Futur Gendre en flagrant délit de fuite le laisse tout de même sans voix durant quelques secondes.

— Très gracieuse, ta descente d'escalier, finit-il par lâcher. On se croirait au Casino de Paris.

Éric ne réagit pas. Au bout de quelques secondes, seules ses lèvres remuent enfin.

— Vous… vous avez une lampe torche ? Avec des piles ?

— C'est tout ce que tu trouves à dire ? Oui, j'ai une lampe torche. Avec des piles. Ça fait partie de mes petits secrets.

— Et qu'est-ce que vous faites là ?

— Je dors toutes les nuits ici, répond Slav, de marbre. Toujours d'un œil. Des fois que. Mais tu ne crois pas que c'est plutôt à moi de te poser la question ?

Dans l'escalier, ça s'agite un peu, puis ça bredouille :

— Moi ? Je…

— Je sais, le coupe Slav, un peu sadique et savourant le moment. Tu sors en boîte ! C'est déguisé ?

— Mais…

— Tu vas faire du ski ?

— Pas du tout, j'allais… dans la cuisine.

Éric tente un sourire qui se veut persuasif. À tort ou à raison, il espère que la glace est en train de se craqueler.

— Dans la cuisine, reprend Slav, imperturbable. Dans cette tenue.

— Slavko, même dans la chambre, c'est le pôle Nord… On dort tous comme ça… en tenue de ski…

— Je sais… mais je ne te parle pas de ça. Je te parle des chaussures de montagne. Et du sac à dos. Qui m'a l'air bien rempli, ma foi.

Éric a un sursaut d'orgueil.

— Oh ? Vous savez à qui vous parlez ?

— Hélas, oui.

— Au futur gendre de votre patron. N'allez pas trop loin, Slav. Sinon je vous jure que…

— Viens ici.

Éric finit par s'exécuter, descend les dernières marches, pataud et ridicule, puis se retrouve face à Slav.

— Écarte les bras.

Slavko, posant les mains sur les hanches d'Éric, commence à le fouiller. Celui-ci, qui pense toujours qu'il a tous les droits face à un subalterne, tente la provocation :

— Une petite danse ? En quel honneur ?

Slav lui balance une claque à assommer un bœuf.

— En ton honneur, Ducon. Écarte aussi les jambes.

Éric obéit. Plus que la douleur au visage, c'est la transgression de l'ordre social qui lui fait le plus mal. Ses yeux s'écarquillent encore davantage quand Slav trouve ce qu'il cache au fond du sac à dos. Du matériel de montagne, une boîte d'allumettes, un demi-paquet de pâtes et un beau cylindre métallique de cinq cents grammes. La boîte de mousse de canard.

— Et ça, c'est quoi ?

Plutôt l'humour bravache que la honte de plier devant un domestique.

— En fait j'allais à un dîner, chacun doit apporter quelque chose.

Slav lève à nouveau la main, se retient.

— T'es vraiment un minable. Assieds-toi là.

Éric se cabre, mauvais cheval. Commence à se dégager. Slav le plaque sur une chaise et lui ligote les mains dans le dos.

— Maintenant tu vas rester tranquille. Tout a changé, mon pote. Tout a changé. Faut t'y faire.

Éric s'apprête à hurler pour réveiller la maisonnée quand l'apparition de Marc sur la mezzanine l'interrompt tout net.

— C'est quoi ce bordel ?

— D'après toi, Marc ? C'est juste Éric qui nous la joue *Grande Évasion*.

Ce dernier en tomberait de sa chaise.

— Vous… Donc c'est vrai, vous vous tutoyez ?

— Depuis des années, confirme Marc.

— Juliette avait raison…

Appuyé sur la balustrade, drapé dans un plaid épais qui ajoute une couche à ses pulls nordiques et à sa longue parka noire, Marc ressemble à un prêtre en soutane monté en chaire et seulement éclairé par un cierge.

— Ta fille, ça va ? demande Slav, qui voit l'inquiétude se lire sur les traits de son boss.

— Elle va comme quelqu'un qui n'a quasiment rien mangé depuis des semaines… qui a froid… qui voit sa mère perdre la boule… (Toisant Éric :) et qui réalise doucement que son mec est un tocard.

Éric voit là une tentative possible de rédemption.

— Justement, bafouille-t-il. Elle a maigri… C'est pour ça que je partais… Pour…

Marc, pas dupe, commence à descendre lentement l'escalier, sans doute pour voir de près à quoi ressemble un menteur qui a peur. C'est alors que du bruit se fait entendre à l'étage. Slav met aussitôt sa main sur la bouche d'Éric. D'un coup de menton, Marc lui indique la direction du sous-sol. Ils s'y engouffrent tous les trois, à pas de loup, Éric suivant la marche penché en avant, les mains dans le dos toujours entravées paume contre paume, comme si on avait interrompu sa prière.

Perdue dans un lit *king size* bien trop grand pour son corps amaigri, Juliette se réveille tout juste d'un sommeil que le froid a rendu poreux, fragile, factice. Les trois pulls qu'elle porte ainsi que la descente de lit qui la saucissonne n'y ont rien fait : elle est pétrifiée, elle tremble de la tête aux pieds, entre ses lèvres mauves le faible souffle de son haleine produit une vapeur caractéristique. Peut-être que ça vient de là, se dit-elle, l'expression « être dans de beaux draps ». De cette sensation que rien ne peut se dénouer, qu'il y a nichée dans chaque repli du tissu une humidité de linceul, qu'il faudrait être mort pour supporter ça.

Sa main tâtonne, en vain : Éric est absent, son côté du lit est vide. Ce gros ours ne remplit même plus sa fonction calorifère. À se demander à quoi il sert. Et pourtant, trente-sept degrés à son côté ce serait toujours ça, ce seraient toujours trente-cinq degrés de plus que dans cette pièce. Alors Juliette se met en boule, dans tous les sens du terme, hérisson hostile qui ne veut pas donner prise au froid, au danger, aux prédateurs, comme si devenir une sphère compacte en forme de théière allait réchauffer sa température corporelle et qu'une chaleur miraculeuse, la douce chaleur de sa vie d'avant, allait y infuser.

Il fallait s'y attendre, ses sanglots étouffés ont réveillé sa mère. Liz, fantomatique, apparaît dans l'entrebâillement de la porte, une chandelle à la main. Comme sa fille, elle a le teint hâve, les yeux cernés de violet, les cheveux luisants et poisseux de crasse. Les laver à la neige fondue n'y change pas grand-chose.

— Ma petite chérie… allons…, murmure-t-elle en s'asseyant.

Juliette sursaute. Elle ne l'avait pas vue entrer. Mais le visage de sa mère n'est pas fait pour la rassurer. À la vérité, Liz lui fait peur.

— Maman…

— Viens contre moi… comme quand tu étais petite…

Juliette résiste un peu à sa mère, qui force le mouvement et fait mine de ne pas sentir la réticence de sa fille.

— Laisse-toi faire… laisse-toi faire…, répète-t-elle dans un souffle mortifère.

Sa bouche est noire. Elle sent l'animal mort.

Malgré son appréhension, pour Juliette tout remonte en même temps : les sanglots dans ses yeux, la nausée dans son œsophage, mais aussi les souvenirs, sans doute le plus douloureux. Les souvenirs de l'odeur de son doudou, le parfum de sa mère, si élégante alors, quand elle sortait le soir, les gestes de l'enfance qui ne nous quittent jamais vraiment. Voyant son reflet dans le miroir de la penderie, Liz sursaute à son tour. La pénombre lui creuse des orbites de squelette.

— La tronche que j'ai…

Dans le reflet, la tête blonde enfouie au creux du sein maternel se retourne aussi. Ébouriffée, pitoyable, Juliette est méconnaissable. Les deux femmes regardent leurs doubles un long moment. Le temps s'est arrêté. Liz hésite, puis se lance :

— Eh ben ma Juliette… elle est belle, la mariée.

À ces mots, celle-ci bondit. Elle l'a trouvé, le prétexte idéal pour se dégager. Mais il n'y a pas que ça, pas que ce contact gênant. Elle est réellement horrifiée.

— Qu'est-ce que tu as dit ?

— C'est vrai, quoi… En te voyant, je me dis que c'est mieux comme ça.

— Quoi ?

— Que le mariage soit annulé. C'est ce que j'ai décidé. Pour le moment, en tout cas.

Elle a parlé à sa fille dans le reflet du miroir, comme le font les coiffeuses entre deux coups de ciseaux. Juliette en a d'abord le souffle coupé.

— Décidé ? Mais Maman, c'est monstrueux ce que tu dis ! Monstrueux ! finit-elle par lâcher dans un hoquet.

— Pas du tout, c'est la vérité. Tu nous as vues ?

— Oui, un peu fatiguées… Rien de très étonnant…

— Arrête. Regarde les choses en face. C'est nous qui sommes monstrueuses. Dégueulasses. Des pouilleuses, on est des pouilleuses !

Effrayée, incrédule, Juliette voit alors sa mère s'approcher du miroir et, entre rire et larmes, cracher sur leur double reflet.

— Pouilleuses ! Pouilleuse, la mère Saillard ! Pouilleuse, la fifille, la chérie à son papa !… Si tu savais comme tu me ressemblais quand tu étais jolie… Mon portrait craché !

Liz recommence. Une glaire jaunâtre s'écrase sur le miroir, laissant sur la paroi une traînée de limace. Liz est fière d'elle. Sa bouche noire s'ouvre grand, laisse échapper un rire de possédée. Pour un peu, Juliette s'attendrait à en voir dégouliner des grenouilles dans une encre noire, comme dans *L'Exorciste*. Du moins y devine-t-elle la langue de sa mère passer d'une rangée de molaires à l'autre, sa langue sèche et exsangue, pareille à ces morceaux de viande trop durs dont on ne sait que faire et que l'on finit par déposer sur le bord de l'assiette.

En fait, ce n'est pas que sa mère tombe le masque, c'est bien pire : le masque, c'est avant qu'elle le portait. Boule d'hystérie, d'épaules osseuses et de cheveux sales, Liz déclame à présent les vers de sa jeunesse : « Nous aurons des lits pleins d'odeurs légères, des divans profonds comme des tombeaux… »

En plein film d'horreur, Juliette fait trois pas en arrière, cherchant l'issue. Puis elle se ravise. Après tout ce n'est que sa maman, sa maman adorée, celle qui la bordait quand elle était enfant, posait son ours sur l'oreiller, lui chantait des comptines.

— Maman… ma petite Maman… tu es à bout. Va dormir…

Mais sa maman divague encore dans ses relents baudelairiens.

— « … et d'étranges fleurs sur des étagères, écloses pour nous sous des cieux plus beaux… »

Enfin elle se redresse d'un coup, les yeux exorbités.

— Dormir, pas question. Mais à bout, là, tu n'as pas tort.

— Ce que tu m'as dit…

— … est la stricte réalité, reprend Liz, dans une élocution étonnamment nette, comme dégrisée. Tiens, lève-toi. Tu vas voir. Regarde. Je n'invente rien.

Les voilà face à face, un peu comme Slav et Éric quelques minutes auparavant, un étage plus bas. Liz, le geste toujours sûr, fait glisser le panneau de la penderie, en extrait une housse de couette blanche, la déploie et en drape le corps de sa fille, de la tête aux pieds. Après quoi elle ouvre un autre placard, en sort la fameuse coiffe de mariée – celle-là même à laquelle elle rêvait d'apporter sa touche personnelle – et la pose solennellement sur la tête de sa fille. Ainsi couronnée, accoutrée comme pour le grand jour, Juliette pivote à nouveau, ballerine mécanique, vers le miroir délaissé l'instant d'avant. Elle a un haut-le-cœur. Sa mère triomphe, tout sourires.

— Ah !? J'avais raison ou pas ? Tu sais, ma fille, qui aime bien châtie bien. Et moi, je t'aime. Tu le sais, ça. Hein tu le sais que je t'aime, ma Juju. Mais ne rêve pas. T'es plus trop bonne à caser. Même ton père a honte. Regarde-moi ça. Cette figure, ce cul plat, ces seins de limande.

Juliette boit le calice jusqu'à la lie. Elle contemple cette créature qui lui fait face, qui est elle-même et qu'elle ne connaît pas. Cette créature dans le miroir tout droit sortie d'un mauvais film de série B où les morts vivants s'extraient de leur tombe dans le costume qui les a vus s'effondrer, foudroyés par la mort, tantôt en uniforme de policier, tantôt en tenue d'Elvis, tantôt en robe de mariée. C'est ça, se dit-elle : elle a bel et bien l'air d'une déterrée, débarquée des noces de l'enfer.

— Maman, je n'oublierai jamais ce que tu viens de m'infliger.

Liz ne se démonte pas. Ses yeux semblent lui avoir été cousus par erreur, comme ceux d'une vieille poupée bricolée.

— Et pour moi, ma Juju, tu t'imagines que c'est drôle ? Bien sûr que tu aurais été jolie ! Tout moi, je te dis, moi à vingt-cinq ans, quand j'ai connu ton père… car je l'ai connu avant toi, figure-toi. J'aurais fait une très jolie belle-mère, tu sais. Un peu de coton dans le soutif, les fesses cambrées et zou, les gens auraient dit « La salope, elle a de beaux restes, quelle allure ». Le grand Marc Saillard m'aurait mangé dans la main, une fois accompagnée à l'autel sa petite merveille chérie adorée. Même les Colbert auraient été bluffés. Même eux, même ces sales petits trous du cul de nouveaux riches qui se croient riches alors qu'ils ne sont que nouveaux. Et même Anne-Ma. Mon Anne-Marie… Elle me manque.

Juliette inspire un grand coup. Mais avant qu'elle prononce un mot, sa mère lui plaque une main sur la bouche. S'approche de son visage à le toucher. Près. Beaucoup trop près.

— T'es quand même belle, ma fille, allez. Comme quand tu étais petite, toute dodue avec tes mains potelées, tes petites cuisses grassouillettes. À l'époque, je disais toujours que j'avais envie de te bouffer. Un peu comme ça…

Pour Juliette, pas le temps de dire ouf, sa mère lui a pris la main et planté les dents dans le gras du pouce, ou ce qu'il en reste. Liz rit maintenant d'un rire dément. Les dents ainsi enfoncées dans la peau, elle fait franchement peur. Elle a si faim, ils ont tous tellement faim, elle serait capable de lui arracher un peu de chair et de la mâcher sous ses yeux.

— Maman, arrête ! C'est pas drôle ! Tu me fais flipper, là !… Aïe !

Sa mère n'arrête pas. Elle a l'air fou et ses babines retroussées sont celles d'un chien enragé. Pour un peu, elle grognerait, tous crocs dehors.

— Stop, Maman ! Stop !

Juliette lui a parlé comme à un molosse. Liz relâche enfin son emprise. Elle la regarde, dédaigneuse, les yeux injectés de sang.

— Je sais ce que tu penses. Que ta mère est folle, complètement folle… qu'elle ne vaut pas ton cher papa… N'empêche qu'il m'a aimée, au début… Bien bouffée là où il fallait, figure-toi… Qu'il m'a aimée, moi, peut-être plus que toi. Enfin, *avant* toi, en tout cas. Et avant toutes ces pouffes qui… enfin, je me comprends.

En recevant son souffle en pleine figure, Juliette est confortée dans sa certitude : elles arrivent toutes les deux d'outre-tombe. L'haleine de sa mère pue la charogne, comme la sienne, sans doute.

Elle trouve la force de démentir :

— Mais non, Maman… qu'est-ce que tu vas chercher…

— Ce que tu es naïve. Des pouffes, y en a eu. Par paquets. De la secrétaire de direction en veux-tu en voilà. De la responsable commerciale. De la communicante aux dents longues. Toujours les mêmes : un rien vulgaires, un rien connes, ça l'excitait, mais roulées, fallait voir. Gros seins, beau cul, toujours le même modèle.

Juliette se bouche les oreilles, secoue la tête, hurle de toutes ses forces :

— Tais-toi, Maman ! Tais-toi ! Tais-toi ou je te tue !

Liz s'aplatit, bête docile.

— Oh pardon, mon amour, ma petite fille, pardon… Je suis si fatiguée, tu sais… Je t'aime tant… Ne fais pas attention à une vieille dame qui perd la boule. Je te dis juste qui est ton petit papa adoré, rien de plus.

— Va dormir, si tu perds la boule. J'en ai assez entendu, là.

— Tu as raison. N'oublie jamais que tu es ma princesse.

— C'est ça.

Liz se retire, le buste droit. C'est à peine si ses jambes semblent fonctionner. En lévitation, elle se dérobe à la vue de sa fille, qui songe que sa mère s'est transformée en hippocampe, en monstre aquatique ou en feu follet. C'est sur cette vision spectrale, l'odorat encore marqué par un remugle morbide, que Juliette se laisse tomber au beau milieu du lit en attendant, qui sait, que son prince la réveille.

Son prince, parlons-en. Dans l'atelier à outils fermé à double tour, sanctuaire absolu de Slav, il passe un mauvais moment. Une heure, oui, voire beaucoup plus, il ne sait plus, qu'il est assis sur une chaise dans un grand silence. Nul besoin de le ligoter, cette fois : la présence de Slav et de Marc vaut tous les bâillons du monde. Ils lui font face. Ils attendent qu'il parle. Et ils ont tout leur temps, du moins celui que leur laissera la cire de leurs bougies.

— Alors ? demande Slav pour la énième fois, avec dans la voix une impatience qui augure du pire.

— Alors rien, je vous dis.

— OK, tu l'auras voulu…

Affolement sur la chaise.

— Attendez, vous allez faire quoi, là ? Vous allez me buter à coups de marteau ? prendre une tenaille et m'arracher les yeux ?

— C'est tentant mais réfléchis, répond Slav, à bout. Si on voulait te buter, je ne me serais pas fait chier à planquer sous l'escalier. Tu crois quoi ? Tu as de la chance que je t'aie cueilli, dehors tu serais mort congelé comme du Findus avant même de tomber dans une crevasse.

— Putain, grogne Éric. Se faire traiter comme ça par un Rom…

La gifle part immédiatement, retentissant d'un son à la fois sec et flasque, celui d'un pilon de boucher sur une escalope. Éric a basculé en arrière, les quatre fers en l'air, s'écrasant de tout son poids. À présent, il gît sur le flanc, à un mètre de la chaise, qui a valsé de son côté. Il se relèvc. Il fait peine à voir. On dirait un gamin injustement puni. La viande de sa grosse jouc, tuméfiée, a pris une couleur parme.

— Et vous, vous laissez faire ? implore-t-il, les yeux dans ceux de Marc.

Slav le rétablit sur la chaise qu'il vient de ramasser. Éric manque de peu de tomber à nouveau. Il supplie encore :

— Enfin, Marc, faites quelque chose, merde !

Celui-ci reste de marbre. C'est à regret, presque avec dégoût, qu'il s'oblige à parler, non sans tourner d'un pas pesant autour d'Éric, qui en attrape le tournis.

— J'ai déjà fait beaucoup pour te supporter, Éric. Mais là, Slav et moi on est très en colère. Très. Maintenant, tu vois, il n'y a plus de « Marc » et il n'y a plus de beau-père. Il n'y a plus que toi et nous…

Sa ronde s'arrête enfin. Il se penche vers Éric, la voix presque mielleuse :

— Alors comme ça, tu comptais te sauver ?

Éric ébauche un geste pour se relever, se ravise aussitôt.

— Mais pas du tout ! J'allais chercher du secours ! Je serais revenu, vous pensez bien !

— Ah oui ?

Il y a dans l'impassibilité de Marc une menace sourde, monolithique. Celle d'un rocher qu'un souffle suffirait à faire basculer dans le précipice. Éric le sait, qui panique :

— Bien sûr ! Il y a Juliette, quand même ! Je serais revenu chercher Juliette ! Je vous le jure !

— Bon, la bonne nouvelle, c'est qu'on a retrouvé la boîte de mousse de canard, dit Slav.

Accablé, Marc regarde son homme de main, comme pour le prendre à témoin : qu'est-ce qu'il a fait au ciel pour que sa fille ait choisi pareil connard ? Mieux vaut ne pas s'attarder, ce serait fastidieux.

— Et tes secours, tu comptais aller les chercher où ?

— En Suisse.

— J'entends pas.

— En Suisse ! hurle Éric.

— Et pourquoi en Suisse ?

— Je ne sais pas… On n'est pas loin de la frontière… Et puis comme il ne se passe jamais rien en Suisse, je me suis dit qu'il ne pourrait rien m'arriver…

Slav n'en revient pas.

— Pourquoi ? Tu as un compte là-bas ?

— Un petit… Pas grand-chose…

— Et quoi ? Tu avais l'intention de le vider ?

— Ben…

Cette fois, Marc, qui en a pourtant beaucoup vu dans sa vie, se prend la tête entre les mains.

— Dites-moi que je rêve… Alors toi, tu crois encore que le fric va nous sortir de là ? Y a des coffres, alors tout va s'arranger ?

— Oui, bon, ça va… J'ai merdé, j'ai merdé… C'est pas un crime…

— Ce qui est un crime, c'est de fuir.

— D'abandonner alors qu'on a besoin de bras, renchérit Slav, en bon mercenaire.

Marc donne le coup de grâce.

— Et de nous voler. Ça, c'est le pire.

Éric en reste coi. Tout ça pour ça.

— Ça va, c'est du pâté, on ne va pas non plus…

Il allait dire « en chier une pendule », car c'est là une de ses expressions favorites. Une nouvelle gifle lui déforme la joue. Une fraction de seconde, il est complètement défiguré. *Un Francis Bacon*, songe Marc.

— Te fous pas de nous, gronde-t-il. Tu m'as volé quelque chose que j'aimerais bien récupérer.

Éric continue certes de garder la main sur sa joue – bien à plat, comme si elle allait se décoller de son visage. Mais il n'en retrouve pas moins un peu de sa superbe.

— Ah, mais je vois… Vous parlez peut-être de ce que j'ai trouvé en fouillant dans vos affaires ? Entre nous, je trouvais que votre business en Yougoslavie, c'était pas très clair. Alors oui, j'ai fouillé. Mais si, souvenez-vous… même que j'étais arrivé en retard à table, le jour où Slavko nous avait préparé son plat en sauce. C'est bien ça ? C'est bien de ça que vous parlez, Marc ? D'une certaine photo… un peu compromettante ?

— Ce n'est pas à toi d'en juger. Mais en effet, je me demandais où elle était passée.

— Il fallait le dire ! sourit Éric, transfiguré. Putain, elle doit bien puer, cette photo, pour que vous vous donniez tout ce mal pour la planquer. Moi, je la trouve plutôt sympa, d'ailleurs… Vous êtes assez beaux gosses dessus… et franchement, Slav, ça vous allait très bien les lunettes noires… et toutes ces cicatrices…

Nouvelle gifle. Éric émet un gémissement d'enfant.

— Tu veux les mêmes ?

— Doucement, Slav…, tempère Marc.

Fugitive compassion qui se dissipe très vite. Juste le temps qu'Éric ouvre la bouche à nouveau, le visage cette fois déformé par l'ironie.

— Quoi ? poursuit-il avec une innocence feinte. Ne me dites pas que c'est le troisième monsieur qui vous gêne ? Si ? Remarquez, je suis nul en histoire mais il me semble avoir déjà vu sa tête de boucher quelque part… D'ailleurs, c'est pas comme ça qu'on l'appelait ? Le « Boucher des Balkans » ? Un ami, peut-être ?…

— Un client, corrige Marc après un silence.

— Jolie clientèle…

— Encore une fois, tu n'as pas à en juger.

— Non, bien sûr, pensez-vous, ricane Éric avec l'assurance de celui qui a les cartes en main. Mais lui, jugé, il l'a été, non ? Et condamné ? À perpétuité, si je ne m'abuse… et avec tous ses sbires…

Puis, se reprenant avec une joie sadique :

— Ah, non, pardon. Pas tous. Il en manquait un, je crois… Un grand type, très avenant… un peu… un peu dans votre genre, conclut Éric en fixant Slav du regard.

Ce dernier s'avance pour le massacrer. D'un geste, Marc l'arrête net.

— C'était une période trouble, Éric. On ne savait pas tout. Et puis, dans le business, on ne choisit pas toujours ses partenaires.

Éric a bien noté la façon dont Marc a prononcé son prénom.

— Peut-être, se rengorge-t-il. Mais dans ce cas-là, on ne vient pas faire de grandes leçons de morale sur le bien, le mal, l'abandon, le vol… et le changement climatique.

— Petit con, fulmine Marc.

— Pourri, rétorque Éric, aussitôt collé au mur par un Slav écumant de rage.

— Tu ne lui parles pas comme ça, OK ? Tu ne sais pas ce qu'il a fait pour moi.

Contre toute attente, Éric ne se démonte pas.

— Oh si… j'imagine… Un petit rapatriement d'urgence, peut-être ?

— Il m'a sauvé la vie, éructe le Serbe, contenant sa rage avec peine.

— Tant mieux pour vous, parvient à articuler Éric, toujours plaqué au mur. Ceux qui sont morts dans vos charniers ne peuvent pas en dire autant.

Que Slav accentue sa strangulation n'y change rien. Éric insiste :

— J'ai vu des reportages… comme tout le monde… à gerber.

— Tout ça, c'est du passé, tranche Marc d'un ton calme, qui a pour effet de desserrer instantanément l'emprise de Slav.

La voix de son maître, songe Éric, malgré tout soulagé.

— Du passé ? Moi je veux bien, reprend-il… Alors pourquoi vous tenez tant à la récupérer, cette photo ?

Touché. Pour la première fois, Marc montre des signes de déstabilisation.

— Eh bien… parce que…

— Parce qu'il ne faut surtout pas écorner la légende du grand Marc Saillard, c'est ça ? du brillant homme d'affaires, mécène et humaniste ? Parce que s'il y a encore une chose à sauver dans tout ce bordel, c'est ce que vous laisserez à la postérité ?

Fini les balbutiements. Marc redevient lui-même.

— Bon, maintenant, tu fermes ta gueule et tu nous dis où est cette photo.

— Je ne sais plus où elle est.

— OK, dit seulement Slav en décrochant un tournevis et un marteau du râtelier. Ce que je vais faire, c'est te faire sauter les dents l'une après l'autre. Personne ne t'entendra. La porte de l'atelier protège autant du bruit que de la puanteur.

Joignant le geste à la parole, Slav force la bouche d'Éric, insinue la pointe du cruciforme jusqu'aux molaires du fond et s'apprête à taper dessus de toutes ses forces. Un râle l'arrête de justesse. Le presque-supplicié désigne son ventre.

— Ah… tu l'as sur toi ? J'aurais dû m'en douter.

Avec l'excitation d'un chien de douanier qui renifle un peu de came, Slav entreprend de débarrasser Éric de sa doudoune, de sa polaire, de sa chemise, de son tee-shirt. Gagné. Éric a la photo plaquée sur son torse. Slav la lui arrache sans ménagement et tend le cliché à son boss. Qui le prend et le regarde sous tous les angles, une dernière fois. Il n'est pas de très bonne qualité, mais on y voit nettement trois hommes, tout sourires, en train de poser devant l'objectif. À gauche de la photo, Slavko, barbe de trois jours, tee-shirt moulant ses muscles, pistolet-mitrailleur en bandoulière, une main faisant le V de la victoire ; au centre, Marc, Ray-Ban posées au-dessus du front, chemise blanche, le regard un peu ébloui par le soleil ; et à droite un homme en treillis, immédiatement reconnaissable à ses épaules de grizzli, sa gueule carrée et son regard glaçant : le général Ratko Mladic, ancien chef militaire des Serbes de Bosnie pendant le conflit intercommunautaire, entre 1992 et 1995. Surnommé en effet « le Boucher des Balkans » pour avoir notamment dirigé le massacre de Srebrenica. Reconnu coupable de génocide et de crime contre l'humanité par le Tribunal pénal international pour l'ex-Yougoslavie. Condamné à la prison à perpétuité.

— Tu peux la brûler, ordonne Marc, comme si l'image lui grillait déjà les mains.

Tandis que le cliché se tord sous la flamme d'une bougie, Éric en profite pour sortir un objet de sa poche, avec la précipitation de qui dégaine une arme à feu. L'effet est presque le même.

— Tant que vous y êtes, brûlez ça aussi !

Marc et Slav en restent figés, comme tenus en respect.

— Eh oui… le portable d'Anne-Marie, poursuit Éric, retrouvant sa morgue et conscient de son effet. Un conseil, brûlez-le avec. Question postérité, ça pourrait faire tache.

— Tu l'as trouvé où ? balbutie Marc.

— Dans le petit conduit sombre qui mène à l'atelier. J'aurais pas dû ?

— Tu savais donc ?

— Quand vous nous l'avez servie à bouffer, non… je ne savais pas… C'est après que j'ai compris, rétrospectivement… en tombant sur ce truc, qui n'avait rien à faire là… Cette histoire de blaireau piégé, je trouvais ça un peu bizarre. Mais de là à imaginer…

Enfin, ce serait dommage que tout le monde l'apprenne…

Faute de réaction des deux hommes, Éric continue de suivre ses propres pensées.

— Et dire que je me suis resservi…, murmure-t-il pour lui-même.

Puis, relevant la tête avec une expression étrange :

— Je ne vous dirai pas qu'Anne-Marie était une femme délicieuse, même moi je trouve ça de mauvais goût. En revanche, Slav, quand vous me dites que « vous avez besoin de bras », je vous avoue que ça me fait bizarre.

Marc et Slavko ne peuvent réprimer un sourire, que la lueur lancinante des flammes rend sardonique. Pour la première fois depuis que le trio est descendu au sous-sol, l'ambiance se détend un peu. La chaudière est froide depuis des lustres, les murs suintent de givre, le ciment est glacé mais malgré tout, dans ce huis clos, l'atmosphère s'est un peu réchauffée et ce n'est pas un mince exploit. Pour autant, pas question de ne pas vider l'abcès jusqu'au bout.

— Bon, et maintenant on fait quoi ? lance Marc, qui a retrouvé son masque de chef de meute.

Slav et Éric lèvent la tête, interrogatifs.

— On va résumer, poursuit Marc. Éric, tu penses ce que tu veux, mais à présent la photo n'est plus qu'un tas de cendres. Zéro preuve, zéro crédit. Ce sera la parole d'un fugitif qui abandonne sa future belle-famille contre celle d'un brillant homme d'affaires, « mécène et humaniste », pour reprendre tes mots.

— Et donc ? répond Éric en épongeant le sang de sa lèvre du revers de sa manche.

— Et donc de deux choses l'une : soit tu es avec nous, une bonne fois pour toutes. Soit on va te retrouver mort congelé, en pleine fuite, à trois mètres d'ici.

— Vous n'oserez pas. Et on découvrira des traces de coups.

Slav prend la relève :

— On osera, crois-moi. Anne-Marie est morte comme ça, à quelques pas, elle a hurlé et personne ne l'a entendue. Et je connais d'excellentes méthodes pour te tuer en te touchant à peine.

— Assassins…

— Bon, les autres vont se réveiller, s'impatiente Marc. Je te repose la question : ou tu es avec nous, et vraiment avec nous. Ou tu ne l'es pas. Mais tu te décides. Et vite.

— OK…, capitule Éric dans une grimace qui tient à la fois de la douleur et de la honte d'avoir à rendre les armes.

— C'est un oui ? insiste Marc.

— Oui…

— Parfait. Ah, une dernière chose : en admettant qu'on en réchappe, tout ce qui s'est dit ici ne doit jamais en sortir. Jamais. Je me fais bien comprendre ?

— Comptez sur moi…

— Alors on remonte, déclare Marc pour clore le débat.

En arrivant sur le palier du grand salon, les trois hommes tombent nez à nez avec Rose. Elle qui ne donne jamais dans la démonstration gratuite ne peut s'empêcher de sursauter en voyant le visage d'Éric, comme tanné au battoir.

— Qu'est-ce qui lui est arrivé ?

Marc dédramatise.

— Rien… On était en bas, on essayait de réparer le piège et il a glissé…

— Eh ben… vous ne vous êtes pas loupé… Il faut vous soigner ça.

Agacé par cet excès d'attentions, Slav coupe court :

— Pendant que je relance le feu, Rose, prends un peu de neige, mouille un linge. Faut lui nettoyer toute la plaie. Que ça ne s'infecte pas.

— Très bien, je m'en occupe, lui répond Rose, un peu surprise par ce ton péremptoire.

Puis elle mouche les deux bougies, un jour pâle investissant timidement le séjour par les baies vitrées les plus hautes du chalet.

Chacun de son côté, Slav et Marc, épuisés, s'éclipsent pour récupérer un peu. Marc, à l'étage. Slav en direction de sa chambre du sous-sol, non sans s'être préalablement assuré qu'Éric se tiendrait à carreau. Malgré ces préventions de pure forme, voilà qui laisse tout le loisir à ce dernier de se rapprocher de Rose.

Sous les épaisseurs accumulées – collants, longue jupe de laine, triple couche de tricots, bonnet enfoncé sur ses beaux yeux en amande –, celle-ci n'a rien perdu de sa grâce, au contraire : le dessin de ses formes s'en trouve presque accentué, exagéré, et il demeure toujours dans sa façon de se mouvoir quelque chose qui tient du miracle. Malgré ses courbes voluptueuses, cette femme ne semble pas toucher le sol, et c'est ce paradoxe qui plaît tant à Éric. De même que son parfum, surtout lorsqu'elle se penche au-dessus de son visage amoché.

— Vilaine blessure, dit-elle entre ses dents, en tapotant un linge sur les tempes et le front du mourant de circonstance.

C'est peu dire qu'elle y met du sien pour ne pas montrer le dégoût que cet homme lui inspire.

— OK, Rose… Allez-y franchement !

— J'ai mis un peu d'alcool à 90°… Ça va, ça pique pas ?

— Non… c'est même agréable… Vous voyez que vous pouvez être douce avec moi, quand vous le voulez…

Rose continue sa tâche comme si de rien n'était. Éric lui prend la main.

— Vous tremblez ? C'est quand même pas moi qui vous fais peur ?

— Pas du tout… c'est juste que j'ai froid… très froid.

— Justement, s'enhardit-il en se redressant. On pourrait se réchauffer un peu, non ?

Rose tente de se dégager, sans succès. Les deux mains d'Éric se sont refermées sur ses poignets aussi sûrement que les mâchoires d'un piège de braconnier sur un blaireau imaginaire. Elle se débat, en vain : il la bascule vers lui, leurs bouches se rapprochent, elle sent son haleine, elle suffoque, se débat encore, ses yeux comme deux charbons ardents sertis dans sa peau noire.

— Lâchez-moi !

— Comme tu veux…

Il la lâche, en effet. Pour mieux saisir ses reins et l'attirer vers lui. Elle se contorsionne, mais trop tard : Éric est lourd, puissant, elle sent ses mains velues lui courir sur les fesses, s'arrêtant, repartant, s'infiltrant, mygales cherchant la faille pour s'y glisser jusqu'à la dernière patte. Il a la force des gros, une force bestiale, maladroite mais dévastatrice. Il sent le sale, le désir, l'alcool. Rose se tord, se vrille, ondule davantage et, dans une ultime reptation, se libère enfin. La gifle qu'elle assène à Éric ne prend pas garde à ses blessures. Il étouffe un hurlement.

— Putain ! Tu ne vas pas t'y mettre aussi !

— Désolée mais là…, souffle Rose, pantelante.

« Désolée ». Elle ne rêve pas, elle a bien dit « désolée ». Elle se maudit. Ce que c'est que d'être conditionnée. Déjà qu'elle n'a pas crié pour ne pas réveiller la maisonnée…

— Quoi ? persifle Éric, qui recouvre ses esprits. Tu vois pas qu'on va tous crever ? Hein ? Et puis arrête de jouer ta mijaurée… Ça s'est toujours fait…

— Qu'est-ce qui s'est toujours fait ?

— Mais ça… Un petit câlin entre employeur et employée…

Rose reprend enfin son souffle. Debout devant lui, elle paraît immense, déesse magnifique venue du fond des âges pour rendre la justice.

— Vous n'avez rien compris, en fait… C'est justement tout ça qui va disparaître… ce monde dégueulasse qui va fondre… Il aura fallu toute cette neige…

Cette bouche. Ces hanches. Ces seins. Cette morgue d'esclave affranchie. Ces jambes qui se dessinent sous la laine de la longue jupe, ces jambes chaudes et pleines et musclées sous les collants. Ces cuisses à écarter, là, à portée de main, ce sexe qui l'attend, ce beau fruit à ouvrir, ces deux moitiés juteuses qui ne demandent qu'à l'accueillir : c'est trop pour Éric. D'un bond il se jette sur elle, l'entraîne dans sa chute, la plaque au sol, sa main gauche à lui sur sa bouche à elle, et sa main droite cherchant, cherchant l'entrejambe, le trouvant enfin, le fouillant maintenant. Rose, écrasée, se débat, prise de convulsions, et ses jambes gigotent sous le poids d'Éric. Lui n'est plus qu'une bête, le sang afflue dans son cou, dans ses lobes d'oreille, dans le blanc de ses yeux qui fixent ceux de Rose. Il ne fait que grogner :

— Je me fous de mourir mais je veux encore jouir, tu comprends, encore jouir… Tu me boufferas pour survivre, mais en attendant j'ai dans mon slip un gros morceau très comestible, très comestible, ma jolie Rose… Allez, ma Rose, ma Rosette… ouvre-toi…

Maintenant les doigts d'Éric ont trouvé une faille, une faille rêche mais possible dans la fleur que Rose tient au creux de ses cuisses, et c'est sans ménagement qu'il en force les pétales, les pétales secs et serrés, les pétales morts du refus. Alors Rose, pauvre Rose, Rose hurle dans la paume qu'il maintient sur sa bouche, elle hurle sous sa main et son haleine mauvaise, rien n'y fait, nul n'accourt, et Éric emporté continue de plus belle, quoi de plus excitant qu'une femelle domptée, surtout quand sous les doigts les pétales ont cédé, arrachés un par un jusqu'au tout dernier ?…

— On n'a plus rien à perdre, ma Rose… On va tous crever… et moi j'ai faim, tu comprends… J'ai faim !

Voilà ce qu'il lui souffle dans son odeur de pisse, de sueur et de crasse :

— C'est vrai quoi, ma toute douce, on peut bien se faire plaisir une toute dernière fois… Allez, ma jolie Rose, c'est la requête du condamné… C'est ma petite récompense, c'est rien que du fondant, du premier choix, je te jure… Tu vas te régaler… et puis bouffer les autres, c'est un peu dans vos gènes, après tout… non ?

Rose panique complètement, roule des yeux effarés, se débat de plus belle, sans vouloir s'avouer que par sidération elle s'abandonne déjà, dissociée de son corps, se donnant en pâture, chosifiée, livrée. Presque soulagée.

Sentant sa proie flancher, Éric soulève le flanc pour se débraguetter, décidé à bêcher une terre aride jonchée de pétales morts. Grosse erreur, grosse comme lui.

Libérée de ce poids, réflexe de survie, Rose saisit sa chance… et ce qui lui tombe sous la main. À savoir les ciseaux de la trousse de secours, celle qu'elle était allée chercher dix minutes plus tôt pour faire un bandage. Elle les empoigne et frappe, frappe de toutes ses forces vers la nuque d'Éric, puis, alors qu'il se dresse, vise la carotide. L'effet est immédiat, le sang fait geyser, arrose les joues de Rose, lui jaillit dans la bouche, chaud, amer et visqueux. Éric, stoppé net, pousse un couinement aigu, puis, le sexe sorti, dérisoire bout de mou, roule d'un coup sur le dos, saignant comme un goret. Suivent quelques convulsions, des petites bulles qui éclatent. Puis, le plastron souillé et la nuque posée sur une large tache vermillon, dans un ultime gargouillis guttural, il laisse échapper un râle. Et rend son dernier soupir.

Aussitôt des bruits de pas se font entendre, *crescendo*, dans l'escalier. Slav découvre Rose barbouillée du sang d'Éric, allongée à son côté, dans l'ironique position parallèle d'un couple dans le lit conjugal. Il l'aide à se relever. Prise de tremblements, elle s'y emploie comme elle le peut. Slav, qui connaît les symptômes annonciateurs de la crise de nerfs, la prend dans ses bras pour tenter de la calmer. Elle s'y épanche et y déverse ses larmes, à la manière d'une gamine en nage qui se réveille d'un cauchemar. Impossible de réprimer les sanglots qui lui montent dans la gorge.

— Il… il a essayé…

— Je sais…, murmure Slav tendrement, en caressant ses cheveux.

Rose s'accroche. Avec une puérilité touchante, elle veut montrer qu'elle est courageuse.

— J'ai été obligée… Il voulait…

Cette fois, Slav lui prend le visage dans le creux des mains, ces immenses mains qui pourraient briser un crâne comme une noix.

— Écoute-moi, Rose : tu as fait ce qu'il fallait faire.

— Je…

Pas le temps de finir. Rose lève la tête. Le couple Saillard est là, aux premières loges, au spectacle. Tandis que Liz reste prostrée – peut-être croit-elle à une énième blague de son gendre, mais tout de même, il y est allé fort sur le maquillage –, Marc contemple la scène du crime à la façon d'un commissaire qui vient d'arriver sur les lieux. De toute sa stature, il détaille chaque indice – la position, la braguette ouverte, les ciseaux fichés en travers de la gorge – puis interroge Rose du regard. Celle-ci se méprend :

— Je ne voulais pas ça… Je vous jure… C'est un accident…, se justifie-t-elle.

La voix du commandeur résonne sous les poutres :

— C'est lui qui était un accident. Il nous sera plus utile mort que vivant.

Liz quitte alors le balcon, spectatrice lassée par une pièce dont elle connaît la fin. Ses deux mains décollent de la rambarde tel le vol précipité de deux charognards : la voilà déjà dans la chambre de Juliette pour lui annoncer la nouvelle. Celle-ci accourt aussitôt, en pantalon de pyjama et doudoune, se penche à son tour au-dessus de la rambarde, un peu trop, dangereusement, vacille puis se retient. Se retient de pleurer, de hurler. Elle n'en a de toute façon plus la force.

Le temps est suspendu. Suspendu à ses lèvres, qui tremblent comme son menton. Tout le monde attend, figé. Enfin elle se décide à descendre, hypnotisée par la vision d'Éric dans son bain de sang. La rampe n'est pas de trop pour lui servir de bastingage alors que, plongeant à pic dans les abîmes comme un paquebot de luxe, sa vie est en train de sombrer. Elle voit enfin ce qui l'entoure. Son père, sa mère, Rose assise sur une chaise avec la main de Slav sur l'épaule. Elle préfère ne pas deviner ce qui s'est passé. Son regard fixe, braqué sur Rose, précède la question, inéluctable.

— Qu'est-ce que…

Rose n'hésite pas une seconde.

— Il a essayé de me violer. C'était lui ou moi. Pardon.

Juliette écarquille les yeux comme elle le faisait il y a peu quand Éric, fier de lui, lâchait en public un pet tonitruant ou une blague douteuse.

— Mais non… Qu'est-ce que j'apprends, mon amour… Qu'est-ce que tu m'as encore fait…

À la stupéfaction de tous, elle est prise d'un hoquet, suivi d'un début de fou rire.

— T'as pas fait ça, quand même ?… Avec Rose en plus… t'as pas honte ? J'avais remarqué que tu la trouvais très à ton goût, mais quand même… De là à… J'y crois pas…

Ce qui a débuté en fou rire devient un rire complètement fou, lequel se mue à son tour en sanglots – à vrai dire, on ne sait plus trop.

— T'as pas fait ça, Éric ? Hein ? T'as pas fait ça ?… Réponds !

La réponse ne venant pas, les coups se mettent à pleuvoir. Une série de coups de pied que Juliette assène dans les flancs de son fiancé, pour le faire parler, le faire réagir. Dans cette hargne, elle met l'élan d'un footballeur frappant son penalty. La régularité d'un bûcheron face à un tronc, cogne en main. Le pire, c'est que nul ne songe à arrêter le massacre. D'abord parce que ce spectacle n'émeut personne. Ensuite parce que Juliette, la petite Juliette, y trouve son compte. Saine thérapie.

Enfin les coups cessent, et le silence se fait. Quelques secondes s'écoulent, longues comme des stalactites. Liz, qui a profité des coups pour s'évaporer, revient vers sa fille avec en main sa coiffe de mariée, qu'elle lui dépose sur la tête à la façon d'un diadème. Peut-être le devrait-elle, mais Juliette n'y voit pas malice. Après tout, c'est le moment ou jamais. Des larmes lui coulent le long des joues, pas plus grosses que ces grains de riz que l'on lance aux jeunes mariés. En guise d'église, il y a un séjour cathédrale, et en guise de grandes orgues, des reniflements.

De voir ainsi sa fille ravagée par les larmes et la désillusion, le cœur de Marc fond sous son cuir épais. Même Slav est pris de pitié par cette gamine désespérée qu'il juge si souvent insupportable. Car cette fois elle ne joue pas, ne force pas le trait, et ça le remue vraiment. Seule Liz reste de marbre, raide comme la justice, un rictus effrayant lui barrant le visage.

— Pauvre con, je t'aurais dit un grand « oui »… pour le meilleur et pour le pire…, lance Juliette à la masse étalée à ses pieds. C'est dommage, poursuit-elle, tu m'aurais trouvée jolie…

Sur ces mots elle chancelle et elle tombe, évanouie, dans le froissement mousseux de sa doudoune.

Aussitôt on porte Juliette sur le sofa le plus proche de la cheminée. Marc lance des ordres brefs :

— Je veux du feu, un feu continu. Slav, trouve n'importe quoi, on s'en fout.

— J'ai déjà brûlé pas mal de choses depuis qu'on n'a plus de bûches, Marc. Les tabourets, les cintres, les chaises de service…

— Prends le reste. Tout ce qui est en bois et qui peut brûler. Va voir dans les chambres. Prends les tiroirs des commodes, les commodes elles-mêmes, les lambris, les balustrades de la mezzanine s'il le faut. Découpe-moi tout ça en morceaux.

— OK.

— Liz, tu restes auprès de Juliette.

— Bien sûr, murmure Liz, non sans une dernière pensée pour ces commodes qu'elle avait achetées avec amour.

— Après, on s'occupera de lui, dit Marc en désignant du menton le cadavre d'Éric.

En attendant, et parce que celui-ci est resté tel quel, Rose entreprend de lui recouvrir le visage à l'aide d'un linge. Marc réagit.

— Ne vous donnez pas tout ce mal pour lui, Rose, ça n'en vaut pas la peine.

Pour une fois, Rose n'en a cure.

— Pardon mais… si nous voulons voir naître un autre monde, autant bien commencer.

Dans les minutes qui suivent, le seul bruit qui résonne dans le chalet est celui des coups de hache de Slav dans la remise. Le temps pour lui de démantibuler un guéridon et ses tiroirs, puis d'arracher quelques pages d'un livre pour lancer le feu à l'aide d'une bougie, et déjà la flambée crépite dans l'âtre. C'est comme si le chalet lui-même ressuscitait tout entier. Cette chaleur inespérée, cette lumière orangée ne sont pas de trop pour apporter à Juliette un peu de réconfort.

— Allez, dit alors Marc, constatant que sa fille revient doucement à elle.

À ce signal, les deux hommes se mettent à chaque bout du cadavre, l'un lui prenant les mains, l'autre les pieds. Rose, quant à elle, est chargée d'ouvrir les portes et de dégager le passage jusqu'à la dernière demeure d'Éric : la tombe qu'avait aménagée Slav pour Anne-Marie, à même la paroi de neige obstruant l'accès extérieur de son atelier ; cette tombe creusée comme une galerie, et qui ne demande maintenant qu'à être élargie à coups de pelle et d'huile de coude pour conserver un corps plus conséquent. C'est là que la dépouille de la malheureuse était restée avant d'être méthodiquement découpée dans l'atelier de Slav, pour réapparaître un beau dimanche sous forme de ragoût.

Slav savait qu'il pouvait s'adonner là à cette corvée de boucher, les mains rouges de sang jusqu'aux coudes, sans le moindre risque d'être surpris. Pour les gens du pont supérieur, tout droit sortis de leur cabine de première classe, l'important n'était-il pas de se voir proposer un délicieux déjeuner mitonné aux petits oignons ?

Sauf que cette fois, le paquebot coule. Après d'épuisants efforts, le cadavre d'Éric arrive à destination et il est temps pour Rose d'ouvrir une ultime porte – celle de trop : celle de Barbe Bleue, de l'antre maudit. Bien que quatre bougies n'y diffusent leur lumière qu'avec parcimonie, c'est assez pour que Rose devine d'un coup d'œil ce que cache l'endroit. Au premier plan, elle voit l'établi, les outils bien rangés par ordre de taille. Les scies et les hachoirs. Puis, la seconde suivante, la porte escamotée, la neige rougie, la tombe improvisée et, devant, l'énorme billot dont la surface est scarifiée de coups de hache. Son sang ne fait qu'un tour. À cette seconde précise, la phrase de Marc, prononcée tout à l'heure sur la mezzanine, lui percute l'esprit avec la force d'un marteau.

Une fois le corps d'Éric recouvert jusqu'au cou de son linceul blanc, une fois Marc remonté à l'étage avec les autres, elle attend d'être seule avec Slavko, dans la remise, pour en avoir le cœur net.

— Slav, lui demande-t-elle, hésitante. Ça veut dire quoi, au juste : « Il nous sera plus utile mort que vivant » ?

— Tu… tu ne devines pas ?

— Si, mais… j'ai besoin de te l'entendre dire.

— Pourquoi, ça t'aiderait à sauter le pas ?

Rose sent le plancher se dérober sous ses pieds. Elle se laisse littéralement choir sur le sol. Ramassée sur elle-même, elle fond en larmes.

Slav s'accroupit en face d'elle, lui prend la main.

— Rose, on n'a pas le choix... C'est ça ou on va tous crever...

Elle sort de ses mains en coupole un visage bouffi.

— C'est pas possible...

Slav lui reprend les mains qu'elle a plaquées sur ses joues, les ramène vers lui.

— Rose, regarde-moi...

— Je ne peux pas...

— Mais si.

— Je ne peux pas... je ne peux pas..., gémit-elle.

— Si, tu peux. Il le faut. Tu dois te forcer. Essaie d'imaginer que c'est comme pour n'importe quel animal...

— Arrête ! Mais arrête !... s'écrie Rose, horrifiée. Comment tu peux dire ça ?

— Parce que j'ai déjà été confronté à ça. Quand c'est la guerre, on n'a pas le choix. Il y a des situations où... la vie est dans la mort.

Rose laisse passer un ange, puis un ou deux autres. Les anges, un ciel, à cet instant, elle en a besoin.

— Tu me balances ça comme ça, Slav... mais comment on peut faire une chose pareille ? C'est barbare ! C'est de la sauvagerie ! Je sais ce que c'est que la pauvreté. Et crois-moi, on a toujours le choix.

Le silence, à nouveau. Puis Slav qui assène :

— Quand on l'a fait une fois...

— Moi je ne le ferai pas.

Slav hésite. Puis :

— Tu l'as déjà fait, Rose.

— Hein ?

— Tu l'as déjà fait.

Slav se lance. D'une traite.

— Anne-Marie est tombée dans une crevasse, devant la maison. Et je n'ai jamais piégé d'animal.

Face à lui, Rose suffoque.

— Oh non ! Non…

Elle regarde maintenant Slav comme si elle voyait le diable en personne. Puis elle se rue vers un coin de la pièce, une main sur la bouche. Cassée en deux, elle n'a rien à vomir, juste de la bile et du dégoût.

— Pourquoi tu ne me l'as pas dit ?

— Parce que je tiens à toi. Il faut manger.

Rose se retourne, réessaie, tente de réamorcer la pompe. Ne remonte de son œsophage qu'un son creux de puits à sec.

— Mais elle était…

— Dans un trou, Rose. À quelques pas de la porte du chalet, quand la neige montait déjà. J'ai vu un gant, un bras. C'était elle. Elle s'était blessée, elle a dû appeler, il y avait du vent, la neige l'a recouverte, elle est morte de froid.

— Paix à son âme.

— Paix à son âme.

Les anges, le ciel, le Tout-Puissant, le Créateur de Tout, y compris de la neige. Rose retrouve un semblant de force.

— Dieu me pardonnera car je ne savais pas… et te pardonnera aussi, Slav, car tu as cru bien faire. Mais je ne le referai pas. Par égard pour Lui.

Slav reste calme. Sans doute a-t-il déjà eu ce genre d'échange avec ses hommes, là-bas, au front.

— Rose, si on est encore là, c'est que Dieu l'a voulu. Cette nourriture, c'est Lui qui nous l'offre.

— Mais qu'est-ce que tu es en train de me dire, là ?

— Juste ceci : nous devons nous sauver comme Lui nous a sauvés. Pense à l'Eucharistie, Rose. Pense à l'Eucharistie.

Assise sur le billot, Rose est exsangue. On sent qu'elle ne serait pas contre le coup de hache salutaire qui pourrait la libérer de ses doutes.

— Tu me promets d'y réfléchir ? insiste Slav.

Et il dépose sur son front moite un baiser qu'elle n'est pas loin de considérer comme celui de Judas.

Assis à son bureau, Marc vient de poser son stylo. Il a toujours plaisir à écrire le prénom de sa femme non pas en abrégé, mais en entier. Élisabeth. Il a commencé à lui écrire une lettre, comme ça, des fois que. Puis il rejoint les deux femmes de sa vie auprès du feu.

Malgré sa doudoune et les coussins qui la recouvrent, Juliette tremble de tout son corps. Sa mère, qui regarde d'un œil absent une chaise Jacobsen en train de se consumer, lui caresse distraitement le front. Prenant place sur le sofa entre sa femme et sa fille, Marc étend ses grands bras de Corcovado et les serre tout contre lui à les étouffer. Un long moment, ils restent ainsi tous les trois sans bouger, absorbés par la vision de ces braises qui rougeoient sur fond de suie, comme une station balnéaire par une belle nuit d'été, quand la plage est de cendre sous la lune et la mer, d'un noir d'encre.

— Tu te rappelles, ma Liz, ces fêtes à Sainte-Maxime où tout le monde se déchaussait en arrivant…

Liz se contente de sourire, il sait qu'elle se souvient à l'image près.

— Tout le monde envoyait valser ses escarpins, ses espadrilles, ses tropéziennes, ses mocassins… Ça faisait un grand tas… Puis tout le monde dansait pieds nus, sur les dalles chaudes des terrasses… et au loin on entendait la mer… Tu te rappelles ?

Cette fois, c'est un soupir que Liz laisse échapper – l'un de ces soupirs heureux que l'on a parfois en s'endormant.

— Rien n'était grave… C'était le temps de l'insouciance… et la vie était belle… hein, mon amour ?…

Elle sourit encore, mais avec cette fois une perle au coin des yeux.

— En fait, ce n'était pas sur une terrasse que nous dansions… mais sur un volcan… sourire aux lèvres…

Marc fixe les braises à s'en brûler les yeux, à s'en faire couler de l'eau salée.

— Un peu comme quand on marche sur des tisons et qu'on ne ressent aucune douleur… Encore faut-il marcher vite…

Il se tait puis murmure, déjà ailleurs :

— Il faut croire que nous avons trop dansé, que nous avons tous marché trop vite, que nous avons couru après n'importe quoi. Maintenant la musique s'arrête, maintenant nous en sommes là… Maintenant, la fête est finie.

Il se lève, se retourne, les regarde longuement, l'une après l'autre, avec une drôle de lueur dans les yeux.

— Tout va aller mieux, je le sais… mais vous me promettez d'être courageuses, mes chéries, n'est-ce pas ?

Deux sourires lui répondent, mimétiques. *Elles se ressemblent tant*, songe Marc, que cette similitude n'avait jamais autant frappé.

À présent, plus rien ne peut l'atteindre. C'est à peine s'il remarque que Rose se tient assise par terre, adossée contre un mur, complètement abattue. Elle d'habitude si active, si solaire, si soucieuse de l'image de force et de dignité qu'elle veut donner d'elle-même…

— Elle *sait*, se contente de lui dire Slav, voyant que Marc le prend à témoin.

— Je vois…

Marc s'approche de Rose, s'assied à côté d'elle, entoure d'un bras ses épaules comme un père. Elle ne s'étonne pas de ce geste, pourtant étrangement familier de la part de cet homme distant. À vrai dire, elle ne s'étonne plus de rien.

— Rose, vous, vous êtes jeune. Vous devez garder espoir. Rose ?

Elle lui sourit tristement, ferme les paupières en guise d'acquiescement.

— J'aime mieux ça. Vraiment, vous me promettez ?

Cette fois, un minuscule « Oui » se fait entendre. Elle se relève péniblement, courbée sous le poids de ce qu'elle sait et s'en voulant sûrement, déjà, de s'être donnée en spectacle. Alors qu'elle s'éloigne en s'essuyant les yeux du revers de ses manches, Marc prend Slav à part.

— Tu tiens à elle, alors prends-en soin. Toi aussi, tu es jeune. Moi, je n'ai plus ma place.

— Marc…

Ce dernier tousse, c'est vrai qu'à cet instant il a l'air d'un vieillard. Puis il se reprend :

— Il y a aussi une chose…

— Oui ?

— On ne sait pas comment les choses vont tourner, mais je te le dis : au cas où, si mon corps peut servir à vous faire tenir…

— Marc, ne dis pas ça, ça porte malheur.

— Slav, je suis sérieux.

Slav approuve en silence. Marc insiste encore :

— On s'est bien compris, mon ami ?

— Oui.

Marc se racle la gorge puis, brièvement, lui donne l'accolade, les yeux rougis.

— Putain de fumée…

— Au moins, il y a du feu.

— C'est vrai. Et je veux qu'il y en ait jusqu'au bout, tu me le jures ? Je veux que vous ayez chaud. S'il le faut, prends tout ce qui peut servir de combustible, sans exception.

— Les livres ?

— Bien sûr.

— Je veux dire… les livres rares ?

— Aussi, oui.

— Les tableaux ?

— Je te l'ai dit, je veux que vous ayez chaud. Le reste n'a aucune valeur.

— Comme tu voudras…

— Merci. Moi, en attendant, je suis fatigué. Je vais m'allonger.

Rose, qui a entendu, arrive dans la pièce.

— Marc, j'ai fait fondre un peu de neige, si vous voulez vous rafraîchir…

— Non merci, Rose, ça ira. Mais c'est la première fois que vous m'appelez par mon prénom ! Et pour ça aussi je vous remercie.

Là-dessus, il lui envoie un grand sourire, qui la retourne complètement. Puis il gravit les marches comme si chacune d'elles faisait un mètre de haut. Parvenu à l'étage, il leur jette à tous un regard étrange, troublé, qui les glace jusqu'au sang.

Marc referme la porte derrière lui. Se persuade une dernière fois, et sans mal, qu'il est grand temps de quitter ce siècle abominable, avec ses réseaux sociaux à la con, son narcissisme obscène, sa haine omniprésente, partagée, likée, sa planète en train de brûler et de fondre à la fois, une véritable omelette norvégienne. Se console en se disant qu'il a eu de la chance, la chance de naître et de vivre à la bonne époque. Et, sans regret, se tire une balle dans la tête.

Ils ont tous accouru et ont trouvé Marc sur le flanc, un trou dans la tempe et, sous la tête, une mare de sang épais allant s'élargissant sur le plancher de chêne. Ils ont réagi chacun à leur manière, un peu comme ils ont pu. Liz, hébétée, tétanisée, ne réalisant pas et réagissant peu. Juliette, hystérique, se jetant au sol, se pressant contre le buste du défunt, toute secouée de sanglots convulsifs, nouvelle Patricia rejouant la scène finale du *Lion* de Kessel, se couvrant du sang paternel encore chaud et poisseux, baptême barbouillé, pathétique et un peu fou. Slav en larmes, ayant lui aussi perdu un père, partagé entre colère et tristesse, s'insultant à l'envi, se demandant comment un pro comme lui a pu se laisser dérober son arme de service. Et Rose, bouleversée, restée sur ce sourire qui lui avait fait tout drôle la minute d'avant, quand Marc était encore vivant – un sourire qu'elle gardera toute sa vie dans le pli de son âme comme on conserve une photo dans un livre qu'on aime bien.

Déjà, c'est plus fort qu'elle, sa condition la rattrape, son sens du devoir et toutes ces choses-là, et déjà elle se demande comment faire pour se rendre utile. Comment nettoyer tout ça, comment survivre, comment sauver les vivants encore présents. Pratique, pragmatique, déterminée, on dirait qu'elle a pressenti l'inéluctable, deviné l'irréparable. La voilà prête à passer l'éponge, à pardonner une nouvelle fois à la vie, parce qu'il n'y a plus d'illusions à se faire à son sujet.

Rose donnant l'exemple, Slav en prend note et réagit enfin. Les yeux rouges, les mâchoires serrées, il se dirige vers la porte-fenêtre du bureau, en déverrouille les battants qui s'ouvrent de l'intérieur – et c'est une chance dans leur malheur, car la neige accumulée dehors l'obstrue sur toute sa hauteur. Puis, à l'aide d'une pelle à charbon que Rose est allée lui chercher, il entreprend de pratiquer à même la glace une cavité assez large et profonde pour accueillir le corps, l'englober complètement dans son enveloppe de froid. Pelletée après pelletée, l'étrange tombe est creusée, à hauteur d'homme, châsse de cristaux dédiée à un être qui, loin s'en faut, ne fut pourtant pas un saint. La neige récupérée est tassée dans des marmites. Rose, pour qui rien ne doit se perdre, la fera fondre sur le feu, comme à son habitude.

Au moins Marc n'ira-t-il pas dans la neige, derrière l'atelier de Slav. Dans la lumière zénithale chichement concédée par le jour, Rose joint aux bougies un bâton d'encens, oh, juste le temps d'une prière et « que l'âme s'élève en même temps que la fumée ». Puis, sans plus de cérémonie, la dépouille est soulevée dans un concert d'ahanements. On l'agrippe, on la roule, on la hisse. Les quatre fossoyeurs y laissent leurs dernières forces : même affamé, même très amaigri, Marc pesait presque son quintal. Drôle de levée du corps au protocole bâclé, opérée sans pompe ni mise en bière préalable. Mais enfin, après de longues minutes, les efforts portent leurs fruits : Marc repose dans la glace. Son profil souverain semble sourire un peu de cette drôle de posture. Slav referme la sépulture, complète le linceul en colmatant le vide, piochant ici et là dans la neige qui crisse. Après qu'il a fermé la double porte, un son lourd se fait entendre derrière les vitres – le son caractéristique d'une plaque de neige épaisse se décrochant d'un toit : dans un ultime affaissement, la neige a comblé tous les vides, achevant d'ensevelir complètement le mort.

C'est à ce prix qu'il sera conservé avant qu'il ne soit trop tard, avant que sa viande ne pourrisse. Car Rose, unique dépositaire du secret avec Slav, sait parfaitement de quoi il retourne. S'il le faut, ils vont faire avec le corps de Marc ce qu'ils ont fait avec celui d'Anne-Ma. Ce qu'ils vont faire aussi avec celui d'Éric. Il n'y a aucune raison pour que ce soit différent.

Rompant le silence, une voix se fait entendre, celle de Liz. Avec son teint jaune, ses yeux vitreux et ses cernes, ainsi couverte d'un édredon, elle ressemble à une morte vivante dans un film de Carpenter.

— Il sera inhumé selon les formes quand l'heure sera venue, dit-elle dans un souffle fumeux, comme si elle-même remontait des enfers.

— Si Dieu nous prête vie, note Slav.

— Pourquoi dites-vous cela ?

— Parce que nous n'avons plus rien à manger, vous le savez bien, lui assène-t-il sans ménagement.

— Et votre piège ? Les blaireaux ?

Elle en est restée là. Rose s'en mord les joues, proche du fou rire nerveux. Quant à Slav, son métier lui a appris à rester de marbre en toute circonstance. Et à mentir sans ciller.

— Les blaireaux ? Il y en avait, oui. Il y a longtemps. Mais il n'y en a plus. Ils ont dû partir. Ou mourir gelés.

— Et donc ?

— Et donc, pour nous nourrir, nous devons nous préparer à… l'inconcevable, conclut-il en jetant un œil vers la porte-fenêtre.

Il n'a pas terminé sa phrase qu'un corps s'effondre sans faire plus de bruit qu'un jeu de mikados. C'est à nouveau Juliette, qui n'a que trop bien compris la réponse de Slav – Juliette et son petit corps squelettique perdu dans les couvertures, Juliette percluse de froid et de faim. Quant à Liz, pour sortir de ce cauchemar, elle n'a d'autre réflexe que de se diriger vers la cave à vin. Là, assise à même le sol, et à même le goulot, elle videra à en perdre le souffle une bouteille de grand cru. Ou plusieurs. De préférence un haut-brion, le vin préféré de Marc. *In memoriam.*

Épilogue

Le temps n'existe plus depuis longtemps, il s'est simplement transformé en famine et en stigmates, bien visibles sur les traits et les corps des quatre rescapés du chalet Saillard. Voilà maintenant des jours et des jours et des jours infinis qu'ils vivent dans un intérieur identique aux conditions de l'extérieur. Même froid arctique, mêmes lumières diluées. Rien ne sépare plus le dehors du dedans, sinon un toit, des murs et un feu dans lequel brûlent désormais des meubles signés et des toiles de maîtres.

Tous autant qu'ils sont, ils ne sont plus que cernes violets, joues creuses, teints blafards, visages de naufragés à bout de forces dont la lueur des bougies accentue la grimace de souffrance. Leurs journées et leurs nuits, étroitement confondues, se réduisent à une immobilité totale entrecoupée d'endormissements brefs, de spasmes atroces et de vomissements dus à la neige fondue qu'ils lèchent de temps à autre pour s'hydrater, tromper la faim, tromper la mort.

La boîte de mousse de canard récupérée dans le sac à dos d'Éric, manne providentielle mais très éphémère, u bien à tout le monde. Mais du mal aussi, tant supplice de ses dernières miettes a ravivé dans la bouche de chacun le souvenir des bonnes choses. Excepté ce rappel douloureux, il y a des siècles qu'ils ont perdu la notion de goût, de saveur, d'ingestion, et jusqu'à la sensation d'un grain de riz ou de maïs moisi, déniché au fond d'une boîte, leur descendant le long de l'œsophage. Les larmes leur montent au souvenir du dernier dépôt de gras qu'ils ont pu gratter le long du four, il y a une éternité, ou des ultimes éclats de pastilles de menthe que Liz avait retrouvés un soir au fond de son Kelly. Ne parlons pas des derniers restes d'Anne-Marie : même bien conservée (on n'ose imaginer les bons mots qu'aurait pu faire Éric à ce sujet), ou du moins congelée le plus précautionneusement possible, celle-ci a fini un beau jour par mourir une deuxième fois en ne pourvoyant plus à l'alimentation de la maisonnée.

Bref, depuis des siècles, « pas un seul petit morceau de mouche ou de vermisseau », aurait dit La Fontaine. Restent les dépouilles d'Éric et de Marc. Personne, cette fois, ne songerait à en faire l'objet d'un pieux mensonge auquel il serait loisible à chacun de croire ou de ne pas croire. Autrement dit : terminée, l'histoire du petit mammifère piégé qui fait mieux passer la sauce. Cette fois, il s'agit de savoir si, oui ou non, on mange le corps de ces deux hommes avant qu'ils ne pourrissent. Il y va de la survie de chacun. Mais de là à passer à l'acte, ou même à évoquer le sujet… nul ne peut s'y résoudre.

Alors aujourd'hui, si tant est que la notion d'« aujourd'hui » ait le moindre sens, Slav a décidé de trancher – et trancher est le mot qui convient. Pour les uns et les autres, l'heure est venue de concevoir « l'inconcevable », qu'ils le veuillent ou non.

En prenant soin de ne pas allumer trop de chandelles, histoire de jeter un voile pudique sur la cérémonie qui se prépare, l'unique homme de la maison invite Liz, Juliette et Rose à venir s'asseoir autour de l'énorme table du séjour. Il les prie d'attendre, prend un couteau de cuisine, descend seul dans son atelier, s'approche du corps d'Éric enfoncé de la tête aux pieds dans son sarcophage, et dégage un mollet de la glace.

Maintenant, Slav se penche sur ce mollet avec une précision de chirurgien puis, du bout du couteau, taille à même la chair dénudée. C'est dur comme du fer à cause du gel, mais il s'acharne et finit par découper, dans ce qui a été du gras, quelques tranches de l'épaisseur d'un haricot vert. Quelque chose qui soit le plus abstrait, le plus désincarné possible. Quelque chose d'acceptable.

Ensuite, Slav pose le tout sur une planchette, remonte dans le séjour, retrouve Liz, Rose et Juliette qui l'attendent autour de la table. Et, toujours mutique, il place les morceaux bien alignés devant elles, à même le bois. Ce faisant, il paraît sacrifier à un rituel connu de lui seul – sans doute parce que son instinct lui dicte que les rituels sont rassurants.

Liz et Juliette ont un mouvement de recul, horrifiées. « Je ne peux pas », déclare seulement Liz, tandis que sa fille se retient de vomir en mettant une main devant sa bouche. De fait, ça se voit, elles ne peuvent pas, elles s'y refusent, elles sont incapables de seulement envisager l'idée d'anthropophagie. Plus cadavériques encore que la viande humaine qu'un Slav impassible leur demande de manger, elles se lèvent et vont se réfugier vers le feu où les coussins du canapé sont en train de se consumer dans une âcre fumée chimique. Pour conjurer son effroi – ou est-ce son inconscient qui prend définitivement le dessus ? –, Liz se laisse même aller à l'humour le plus noir en chantonnant les paroles d'« Il était un petit navire » : « Au bout de cinq à six semaines, les vivres vin-vin-vinrent à manquer, ohé ohé… » Puis elle a un étrange rictus, qui vaut ce qu'il vaut mais qui restera comme son dernier sourire : « On tira z'à la courte paille, pour savoir qui, qui, qui serait mangé, ohé ohé… »

Rose, elle, reste impassible. *Ô Sainte Vierge ma patronne, ô Sainte Vierge ma patronne, empêchez-les, les, les de me manger… empêchez-les, les, les de me manger, ohé ohé*, enchaîne-t-elle néanmoins en pensée. Elle aussi connaît ses classiques. Et notamment les paroles terribles des comptines d'enfant, quand ce ne sont pas celles, non moins redoutables, de son Dieu. Or pour elle, et elle l'a déjà dit, le choix ne se pose pas : manger son prochain va à l'encontre de Sa Loi. Les bras croisés, elle regarde longtemps les vingt bâtonnets de chair dégelée comme on contemplerait un plateau d'échecs en se concentrant sur le coup à venir. Mais il n'y a pas à réfléchir davantage.

À nouveau, Slav tente de la convaincre :

— Rose, c'est de la viande. Ni plus ni moins que de la viande, désertée par son âme, la même que celle d'une carcasse de bœuf ou d'agneau.

— Dieu ne le veut pas.

— Bien sûr que si. Il veut que nous vivions. Sinon, Il ne nous aurait pas donné les moyens de le faire. Ce serait pécher, maintenant, que de rejeter cette offrande.

— Je préfère mourir.

— Et moi je préfère que tu vives.

En disant cela, Slav a avancé sa main vers celle de Rose, avant d'interrompre son geste au dernier moment.

— Rose, je te le répète, dis-toi que c'est une sorte de communion.

Slav y croit à peine lui-même. Ou du moins veut-il y croire, malgré lui. S'il s'étonne de parler comme un prêtre, des quatre ce n'est pas lui le plus surpris.

— Je ne vous connaissais pas sous ce jour, lui dit Juliette.

— Vous ne me connaissez pas tout court, lui répond Slav.

Ses yeux dans ceux de Juliette, il prend une allumette de viande et, sans ciller, la porte à sa bouche, mettant un point d'honneur à ne pas faire la grimace. Dans son esprit, pas question d'accorder ce plaisir aux deux femmes qui, près du feu, le regardent agir avec un rictus d'horreur.

Rose n'a pas bronché. Mais ce que vient de faire Slav nourrit au fond de son estomac vide quelque chose qui, à l'égard de Liz et de Juliette, procède malgré tout de la revanche. Une revanche calme, pas méchante mais bien là, immémoriale.

Les jours suivants vont montrer une fois de plus que, dans les situations extrêmes, nécessité fait loi. Juliette et Liz, mais aussi Rose, un peu plus tard, finissent par s'y plier. Car cette loi, Slav avait raison, se résume en quelques mots : parfois, la vie est dans la mort. C'est à cette condition *sine qua non* que l'on survit, quitte à lutter sans fin contre sa conscience et sa raison. Heure après heure, jour après jour, sur l'exemple de Slav, les trois femmes embarquées sur le même navire arrivent petit à petit, ohé ohé, à triompher d'elles-mêmes. Parvenant à surmonter un tabou primitif, elles laissent leur conscience donner de la voix, et cette voix leur chuchote : « Mange, et tu survivras. »

Au début, elles s'aident de la neige pour parvenir à déglutir. Ce régime constitué de viande crue et de neige fondue provoque chez elles tantôt des constipations épouvantables, tantôt des diarrhées irrépressibles. Les toilettes ne fonctionnant plus depuis longtemps, elles se débrouillent. On monte dans le grenier, on s'aventure encore dans la fosse septique qu'est devenu le bûcher, on s'essuie avec la neige dont on couvre ses propres excréments, mais aucune précaution n'y fait, le chalet sent la mort et la merde dans ses moindres recoins.

Assez vite, Slav se débrouille pour faire cuire la viande dans la cheminée. Cela lui donne un goût plus supportable. De quoi surmonter un peu une répulsion naturelle, car pour tout le monde, la vision de la chair rouge et des muscles est un obstacle infranchissable. Il y a néanmoins dans cette cuisson plusieurs inconvénients, que Slav ne manque jamais de rappeler. D'abord parce qu'au-dessus de quarante degrés, les protéines meurent. Ensuite parce que la viande rétrécit quand on la cuit, et perd en fondant une partie de sa valeur nutritive.

Il sait de quoi il parle. Les stages de survie menés dans les pires conditions ont fait partie intégrante de l'entraînement qu'il a suivi dans les corps d'élite. Aucune des vertus nutritives de la chair humaine ne lui est inconnue. Notamment celles du foie, qu'il est recommandé de manger en premier car il contient des vitamines. « C'est répugnant, d'accord, répète-t-il à l'envi. Mais pas tellement plus que ce que vous connaissez déjà. Fermez les yeux et pensez très fort que vous mangez du foie de porc. Ou du foie de veau. C'est dégueulasse, quand on y pense, de manger le foie d'un petit veau tout mignon. Pourtant, on le fait avec le sourire. Vous êtes des carnivores, que vous le vouliez ou non. »

Au fil du temps, Liz, Juliette, Rose et Slav vont finir par manger la moelle d'Éric, de même que ses caillots de sang et ses poumons. Parce qu'il contient du glucose « qui donne de l'énergie », toujours selon Slav, son cerveau est également absorbé. Personne ne renâcle. Les lobes sont distribués et consommés encore gelés. Les intestins, les muscles, la graisse, les reins, cuits ou crus, sont découpés en petits morceaux et mélangés aux parcelles de cerveau – ça aide à faire passer.

Les morceaux jusque-là mis de côté sont eux aussi ingérés. Ainsi des mains et des pieds d'Éric, aptes à fournir une chair que l'on peut détacher des os. Slav essaie même d'ingérer sa langue, mais sans succès. Elle a commencé à se décomposer, elle a un goût repoussant, un goût de vieux lait caillé. Cette fois, même lui accuse le coup et fonce dans un coin vomir de la bile. Même lui se tord de douleur et d'horreur. Qu'importe. L'important, c'est qu'ils mangent, tous autant qu'ils sont. Quitte à se battre pour ça, parfois pour un morceau de la taille d'un ongle, et cela arrive souvent. Quitte à se barbouiller le museau de sang, comme des chiens à la curée, ivres de fouiller du bout des dents les chairs poisseuses, ivres de ronger et de déchiqueter. Mère et fille sont les spécialistes de ce type de joutes. Nombreux sont les cas où elles vont se disputer un bout de peau, de cartilage mal rongé, jusqu'à s'en tirer les cheveux, à en rouler par terre, jusqu'à se griffer et se mordre, avec ce qui ressemble plus à des jappements qu'à des cris humains.

Finalement, d'Éric, il ne va rester que la peau et les organes sexuels. Juliette va se faire un devoir de manger ses testicules. L'humour noir comme ultime témoignage de vie. C'est que, entre-temps, elle a appris dans les détails la vérité qu'on lui avait jusqu'alors plus ou moins cachée. À savoir que son futur mari, en bon cannibale friand des amours ancillaires, avait à maintes reprises, et bien avant sa mort, tenté de dévorer la somptueuse Rose toute crue. En commençant par le meilleur. Son cul bombé, plusieurs fois palpé en amateur, ses seins bien ronds, ici et là soupesés à la va-vite et notamment le jour de la biguine, sa bouche, forcée une fois ou deux, l'air de rien, pour rigoler. Comme le dira Juliette en bouffant ses parties : « C'était un salaud mais il avait du goût. »

Après cela, le temps a encore passé et ils ont mangé Marc, conformément à son dernier vœu. Ensuite, il n'y a plus rien eu à attendre de nulle part, vraiment plus rien, sinon encore des jours et des semaines de blanc, de faim et de froid glacial, sans sommeil ni ressources. Comme on se laisse glisser, l'improbable quatuor d'otages, reclus depuis trop longtemps par une nature folle, s'est peu à peu résigné à se laisser mourir.

Voilà. À présent ils en sont là. Dans la grande pièce du chalet, il règne une atmosphère de crypte, où seule la lumière hésitante du feu perce la pénombre. Dans son halo lancinant, autour du foyer se tiennent blottis Juliette, Liz, Slav et Rose. Les yeux fixés sur les quelques flammes qui montent d'un reste de guéridon, ils pensent à la même chose : quand même le feu n'aura plus rien pour se nourrir faute de combustibles, alors il sera le premier à s'éteindre et cette fois ce sera vraiment le noir, ce sera vraiment la fin.

Au moins peuvent-ils s'y réchauffer en attendant l'échéance. Car cette ultime flambée ne fait pas rougeoyer ses braises à la place qui lui est dévolue, au fond de la cheminée. Non. Slav a souhaité qu'elle trouve sa place sur le sol, à la façon d'un bivouac, afin que le petit groupe, tout autour, puisse s'y tenir serré. Pour le circonscrire et ne pas consumer le plancher, il a placé le foyer dans une immense poêle à paella, plat favori de Liz, amoureuse des soleils de l'Espagne. C'est un feu qui depuis longtemps n'a plus rien de décoratif, ni même de domestique. C'est un feu revenu aux origines du feu, réduit à sa fonction première qui est de réchauffer les humains. Certes, sa fumée fait un peu tousser, mais à ce stade qu'importe, le plafond culmine à une hauteur conséquente. Pas étonnant, en tout cas, que les murs soient tapissés de suie : totalement dénudés à l'image des sols – après les tapis, on a brûlé tous les tableaux, les rideaux et les photos de famille –, ils sont recouverts d'une couche cendrée, noire, pulvérulente par endroits mais tenace. Au point que chacun y a tracé son prénom au doigt. Liz, Slav, Rose, Juliette. Cette dernière y a ajouté un croquis un peu naïf – quatre squelettes et une croix – assorti d'un message en lettres bâtons destiné à la postérité : « Ici on a faim, on a froid et on meurt. »

Symbole d'un crépuscule proche, Slav pose dans le feu une peinture de Signac que Marc adorait. *Maisons du port, Saint-Tropez*. Cette huile sur toile de 1892, avec ses maisons ocre surplombant une mer encore docile et des barques tranquilles, était même, de loin, sa préférée. Voilà pourquoi Slav a attendu jusqu'au bout pour commettre ce sacrifice. La toile s'embrase d'un coup, dans un crépitement qui résonne dans le vide, un grésillement d'huile qui cloque, puis un chuintement funèbre. Il aura donc fallu ce triste feu de joie pour que le soleil couchant, magnifié par le peintre, lance ses derniers feux, allume ses derniers ocres sur les façades, avant de se dissoudre et de se replier sur son châssis carbonisé.

Des larmes dégoulinent sur les joues de Liz. Elle aussi est en train de fondre. Après le Signac, elle le sait, il ne restera quasiment plus rien à jeter dans cet autodafé de malheur, sinon d'ultimes souvenirs destinés eux aussi à partir en volutes. Quelques livres, en cherchant bien. Mais pas question pour elle de sacrifier au feu les lettres et les photos de Marc. Ces souvenirs-là, ces souvenirs sacrés, elle refuse obstinément de s'en débarrasser, même pour gagner un peu de temps et de vie. Plutôt mourir. Elle les gardera contre sa peau pour se réchauffer à sa façon, jusqu'au bout, au fond de sa grotte.

En attendant elle fait comme les autres, elle avance ses mains au-dessus des braises, dans un geste d'incantation. Dans cet espace immense et nu, chaque mouvement résonne, chaque chuchotement fait écho, chaque craquement de brindille ou de cartilage fait l'effet d'une détonation. Du coup, on demeure immobile. Réfugiés autour du feu qu'ils couvent eux aussi de leurs paumes, Juliette, Slav et Rose ont l'air de statues érigées à l'effigie d'un monde disparu.

Ce ne sont guère que quatre pauvres humains échevelés, la peau barbouillée de suie et de crasse, quatre humains sales et puants. Ils ont depuis longtemps renoncé à se nettoyer à la neige fondue, ils n'en sont plus là. Ils ont les yeux chassieux, les cheveux longs et sales, les joues noires de saleté quand elles ne sont pas, s'agissant de Slav, mangées par une barbe d'homme des bois. Ils n'ont plus que la peau sur les os, et sur cette peau des engelures, partout, des crevasses qui les rongent, des plaies qui suintent de pus. En somme, ils ont juste la force de se tenir serrés, à même le plancher autour de braises qui ressemblent, en miniature, à ce que fut dans leur mémoire une ville moderne illuminée.

Rose et Slav, en haillons, se tiennent dans une position parallèle, sur le flanc, et il y a dans ces deux corps une sorte d'emboîtement évident, une grâce inédite. Juliette, appuyée contre l'épaule de sa mère, fait luire un bout d'os avec des bruits de succion simiesques – une guenon affamée. Quant à Liz, elle la regarde faire, complètement absente – sauf quand ça lui prend et qu'elle se met du bout des ongles à séparer les cheveux de sa fille pour y chercher des poux. Bref, rien ne vient troubler le crépitement du dernier feu, sinon les mordillements de Juliette sur son os, les grognements de Slav dans son sommeil, suivis de ceux de Liz, que ces éructations insupportent. Alors elle soupire, et elle grogne à son tour, montrant presque les dents – du moins celles que les carences n'ont pas encore déchaussées.

Ironie du sort, c'est dans les manteaux de fourrure de Liz que les trois femmes se pelotonnent, à la façon de châles dérisoires. À Liz le vison lourd, interminable, jadis zébré d'éclairs électriques. Pleine peau avec capuche. Ceinture fantaisie et marquage au niveau de la taille. Deux poches en biais sur le côté, resserrage en bout de manche. À Juliette ce qui fut le trois-quarts en renard bleu, pleine longueur, avec boots assorties, parcouru de reflets moirés, tressaillant comme un animal vivant. À Rose, comme par un fait exprès, la panthère de Somalie. Sans oublier, recouvrant les pieds immondes, les douces ondulations du chinchilla, du vison noir américain, de la zibeline de Bargouzine.

Mais ici comme ailleurs, terminé la superbe des stars des vitrines, les finitions parfaites, l'orgueil des poches doublées, des cols moutonnants, des revers savants et des boutons de nacre. À l'image du feu, le futile, ici aussi, est redevenu utile. Ternies, salies, tachées, noircies et croûtées de fange, mitées et déchirées, ces fourrures somptueuses ne trompent plus personne. Elles sont revenues à leur fonction première, ce qu'elles étaient au temps de l'origine du monde : des peaux de bêtes dont l'unique vocation est de protéger du froid les êtres humains.

De simples peaux de bêtes, oui, altérées, abîmées, parfois même trouées, à l'instar du manteau neigeux qui, dehors, a commencé de fondre.

Le redoux faisant son œuvre, ici et là sont mis au jour des cadavres humains, des carcasses d'animaux éventrés, des voitures sur le dos, tortues impuissantes renversées sur la carapace, les pattes en l'air. Dans une neige sale, déjà un peu boueuse, ils gisent, témoins vitrifiés d'une terre exsangue, éviscérée, dépecée. Rongée à l'os.

Alors que le feu rend son dernier soupir, les pales des hélicoptères de secouristes se font peu à peu entendre dans la montagne. D'abord imperceptibles, puis beaucoup plus nettes, résonnant dans l'air, au rythme d'un cœur qui bat et qui reprend espoir.

Les quatre rescapés ne se font pas prier. Dépliant leurs membres décharnés, rassemblant leurs dernières forces, ils se traînent comme ils le peuvent jusqu'au premier étage, spectres pathétiques mais vivants. L'un après l'autre, ils grimpent sur des meubles disposés par Slav, se hissent jusqu'à un chien-assis donnant sur le toit, s'y glissent tant bien que mal en repoussant avec peine la neige qui s'y est accumulée, puis s'y laissent tomber, incapables de tenir debout ne serait-ce qu'une seconde. Les voilà tous les quatre étendus sur le dos. L'un des pilotes les aperçoit, l'appareil vire sur le côté. Liz et Juliette ferment les yeux, épuisées et gelées au dernier degré, prêtes à monter vers le ciel, quel qu'en soit le moyen. Quant à Rose et Slavko, éblouis, ils sourient. Il était donc écrit qu'ils ne mourraient pas aujourd'hui.

Remerciements

Merci à Jean Franco, dramaturge, comédien et avant tout ami, qui a nourri de son talent et de son expérience le projet des *Désossés* quand celui-ci était d'abord destiné à devenir une pièce : Jean, maintenant que tu as un Molière, quand est-ce qu'on s'y recolle ?

Merci à Piers Paul Read, auteur du récit *Les Survivants*, dans lequel j'ai puisé quelques détails techniques aussi réels que croustillants en matière d'anthropophagie.

Merci à mon Élise, qui m'a soutenu avec ferveur dans ce projet, en lui faisant bénéficier de son œil de journaliste et de sa passion pour la cause environnementale. Sssssssmack.

Last but not least, j'en profite aussi pour dire toute ma gratitude à l'équipe qui accompagne et porte mes livres depuis maintenant… un quart de siècle ! Anne bien sûr, merci, merci pour ta confiance, ton exigence et ton affection tellement réciproque. Mais aussi Alain, Stephen, Sophie, Yasmina, Julia, Astrid, Assia… MERCI !

La photocomposition de cet ouvrage
a été réalisée par
GRAPHIC HAINAUT
30, rue Pierre Mathieu
59410 Anzin

Imprimé en Espagne par:
CPI Black Print
en janvier 2022

Pocket - 92 avenue de France, 75013 Paris

S32023/01